A LEGIÃO
ESTRANGEIRA

clarice

lispector

A LEGIÃO ESTRANGEIRA

POSFÁCIO DE
MARÍLIA LIBRANDI

Rocco

Copyright © 2019 *by* Paulo Gurgel Valente

Texto posfácio de Marília Librandi

Direitos desta edição reservados à
EDITORA ROCCO LTDA.
Rua Evaristo da Veiga, 65 – 11º andar
Passeio Corporate – Torre 1
20031-040 – Rio de Janeiro, RJ
Tel.: (21) 3525-2000 – Fax: (21) 3525-2001
rocco@rocco.com.br | www.rocco.com.br

Printed in Brazil/Impresso no Brasil

Preparação de originais
Pedro Karp Vasquez

Projeto gráfico
Victor Burton e Anderson Junqueira

CIP-Brasil. Catalogação na publicação.
Sindicato Nacional dos Editores de Livros, RJ.

L753L	Lispector, Clarice, 1920-1977
	A legião estrangeira / Clarice Lispector.
	– 1. ed. – Rio de Janeiro: Rocco, 2020.

"Inclui posfácio"
ISBN 978-65-5532-013-8
ISBN 978-65-5595-013-7 (e-book)

1. Contos brasileiros. I. Título.

20-64705
CDD-869.3
CDU-82-34(81)

Leandra Felix da Cruz Candido - Bibliotecária – CRB-7/6135

O texto deste livro obedece às normas
do Acordo Ortográfico da Língua Portuguesa.

Impressão e Acabamento: Geográfica

Os desastres de Sofia
9

A repartição dos pães
28

A mensagem
32

Macacos
48

O ovo e a galinha
51

Tentação
62

Viagem a Petrópolis
65

A solução
75

Evolução de uma miopia
78

A quinta história
86

Uma amizade sincera
90

Os obedientes
94

A Legião Estrangeira
101

Posfácio
119

A Inês Besouchet

OS DESASTRES DE SOFIA

Qualquer que tivesse sido o seu trabalho anterior, ele o abandonara, mudara de profissão, e passara pesadamente a ensinar no curso primário: era tudo o que sabíamos dele.

O professor era gordo, grande e silencioso, de ombros contraídos. Em vez de nó na garganta, tinha ombros contraídos. Usava paletó curto demais, óculos sem aro, com um fio de ouro encimando o nariz grosso e romano. E eu era atraída por ele. Não amor, mas atraída pelo seu silêncio e pela controlada impaciência que ele tinha em nos ensinar e que, ofendida, eu adivinhara. Passei a me comportar mal na sala. Falava muito alto, mexia com os colegas, interrompia a lição com piadinhas, até que ele dizia, vermelho:

– Cale-se ou expulso a senhora da sala.

Ferida, triunfante, eu respondia em desafio: pode me mandar! Ele não mandava, senão estaria me obedecendo. Mas eu o exasperava tanto que se tornara doloroso para mim ser o objeto do ódio daquele homem que de certo modo eu amava. Não o amava como a mulher que eu seria um dia, amava-o como uma criança que tenta desastradamente proteger um adulto, com a cólera de quem ainda não foi covarde e vê um homem forte de ombros tão curvos. Ele me irritava. De noite, antes de dormir, ele me irritava. Eu tinha nove anos e pouco, dura idade como o talo não quebrado de uma begônia. Eu o espicaçava, e ao conseguir exacerbá-lo sentia na boca, em glória de martírio, a acidez insuportável da begônia quando é esmagada entre os dentes; e roía as unhas, exultante. De manhã, ao atravessar os portões da escola, pura como ia com meu café com leite e a cara lavada, era um choque deparar em carne e osso com o homem que me fizera devanear por um abismal minuto antes de dormir. Em superfície de tempo fora um minuto apenas, mas em profundidade eram velhos séculos de escuríssima doçura. De manhã – como se eu não tivesse contado com a existência real daquele que desencadeara meus negros sonhos de amor – de manhã, diante do homem grande com seu paletó curto, em choque eu era jogada na vergonha, na perplexidade e na assustadora esperança. A esperança era o meu pecado maior.

Cada dia renovava-se a mesquinha luta que eu encetara pela salvação daquele homem. Eu queria o seu bem, e em resposta ele me odiava. Contundida, eu me tornara o seu demônio e tormento, símbolo do inferno que devia ser para ele ensinar aquela turma risonha de desinteressados. Tornara-se um prazer já terrível o de não deixá-lo em paz. O jogo, como sempre, me fascinava. Sem saber que eu obedecia a velhas tradições, mas com uma sabedoria com que os ruins já nascem – aqueles ruins que roem as unhas de espanto –, sem saber que obedecia a uma das coisas que mais acontecem no mundo, eu estava sendo a prostituta e ele o santo. Não, talvez não seja isso. As palavras me antecedem e ultrapassam, elas me tentam e me modificam, e se não tomo cuidado será tarde demais: as coisas serão ditas sem eu as ter dito. Ou, pelo menos, não era apenas isso. Meu enleio vem de que um tapete é feito de tantos fios que não posso me resignar a seguir um fio só; meu enredamento vem de que uma história é feita de muitas histórias. E nem todas posso contar – uma palavra mais verdadeira poderia de eco em eco fazer desabar pelo despenhadeiro as minhas altas geleiras. Assim, pois, não falarei mais no sorvedouro que havia em mim enquanto eu devaneava antes de adormecer. Senão eu mesma terminarei pensando que era apenas essa macia voragem o que me impelia para ele, esquecendo minha desesperada abnegação. Eu me tornara a sua sedutora, dever que ninguém me impusera. Era de se lamentar que tivesse caído em minhas mãos erradas a tarefa de salvá-lo pela tentação, pois de todos os adultos e crianças daquele tempo eu era provavelmente a menos indicada. "Essa não é flor que se cheire", como dizia nossa empregada. Mas era como se, sozinha com um alpinista paralisado pelo terror do precipício, eu, por mais inábil que fosse, não pudesse senão tentar ajudá-lo a descer. O professor tivera a falta de sorte de ter sido logo a mais imprudente quem ficara sozinha com ele nos seus ermos. Por mais arriscado que fosse o meu lado, eu era obrigada a arrastá-lo para o meu lado, pois o dele era mortal. Era o que eu fazia, como uma criança importuna puxa um grande pela aba do paletó. Ele não olhava para trás, não perguntava o que eu queria, e livrava-se de mim com um safanão. Eu continuava a puxá-lo pelo paletó, meu único instrumento era a insistência. E disso tudo ele só percebia que eu lhe rasgava os bolsos. É verdade que nem eu mesma sabia ao certo o que fazia, minha vida com o professor era invisível. Mas eu sentia que meu papel era ruim e perigoso: impelia-me a voracidade por uma vida real que tardava, e pior que inábil, eu também tinha gosto em lhe rasgar os bolsos. Só Deus perdoaria o que eu era porque só Ele sabia do que me fizera e para o quê. Eu me deixava, pois, ser matéria d'Ele. Ser matéria de Deus era a minha única bondade. E a fonte de um nascente misticismo. Não misticismo por Ele, mas pela matéria d'Ele, mas pela vida crua e cheia de prazeres: eu era uma adoradora. Aceitava a vastidão do que eu não conhecia e a ela me confiava toda, com segredos de confessionário. Seria para as escuridões da ignorância que eu seduzia o professor? e com o ardor de uma freira na cela. Freira alegre e monstruosa, ai de mim. E nem disso eu poderia me vangloriar: na classe todos nós éramos igualmente monstruosos e suaves, ávida matéria de Deus.

Mas se me comoviam seus gordos ombros contraídos e seu paletozinho apertado, minhas gargalhadas só conseguiam fazer com que ele, fingindo a que custo me esquecer, mais contraído ficasse de tanto autocontrole. A antipatia que esse homem sentia por mim era tão forte que eu me detestava. Até que meus risos foram definitivamente substituindo minha delicadeza impossível.

Aprender eu não aprendia naquelas aulas. O jogo de torná-lo infeliz já me tomara demais. Suportando com desenvolta amargura as minhas pernas compridas e os sapatos sempre cambaios, humilhada por não ser uma flor, e sobretudo, torturada por uma infância enorme que eu temia nunca chegar a um fim – mais infeliz eu o tornava e sacudia com altivez a minha única riqueza: os cabelos escorridos que eu planejava ficarem um dia bonitos com permanente e que por conta do futuro eu já exercitava sacudindo-os. Estudar eu não estudava, confiava na minha vadiação sempre bem-sucedida e que também ela o professor tomava como mais uma provocação da menina odiosa. Nisso ele não tinha razão. A verdade é que não me sobrava tempo para estudar. As alegrias me ocupavam, ficar atenta me tomava dias e dias; havia os livros de história que eu lia roendo de paixão as unhas até o sabugo, nos meus primeiros êxtases de tristeza, refinamento que eu já descobrira; havia meninos que eu escolhera e que não me haviam escolhido, eu perdia horas de sofrimento porque eles eram inatingíveis, e mais outras horas de sofrimento aceitando-os com ternura, pois o homem era o meu rei da Criação; havia a esperançosa ameaça do pecado, eu me ocupava com medo em esperar; sem falar que estava permanentemente ocupada em querer e não querer ser o que eu era, não me decidia por qual de mim, toda eu é que não podia; ter nascido era cheio de erros a corrigir. Não, não era para irritar o professor que eu não estudava; só tinha tempo de crescer. O que eu fazia para todos os lados, com uma falta de graça que mais parecia o resultado de um erro de cálculo: as pernas não combinavam com os olhos, e a boca era emocionada enquanto as mãos se esgalhavam sujas – na minha pressa eu crescia sem saber para onde. O fato de um retrato da época me revelar, ao contrário, uma menina bem plantada, selvagem e suave, com olhos pensativos embaixo da franja pesada, esse retrato real não me desmente, só faz é revelar uma fantasmagórica estranha que eu não compreenderia se fosse a sua mãe. Só muito depois, tendo finalmente me organizado em corpo e sentindo-me fundamentalmente mais garantida, pude me aventurar e estudar um pouco; antes, porém, eu não podia me arriscar a aprender, não queria me disturbar – tomava intuitivo cuidado com o que eu era, já que eu não sabia o que era, e com vaidade cultivava a integridade da ignorância. Foi pena o professor não ter chegado a ver aquilo em que quatro anos depois inesperadamente eu me tornaria: aos treze anos, de mãos limpas, banho tomado, toda composta e bonitinha, ele me teria visto como um cromo de Natal à varanda de um sobrado. Mas, em vez dele, passara embaixo um ex-amiguinho meu, gritara alto o meu nome, sem perceber que eu já não era mais um moleque e sim uma jovem digna cujo nome não pode mais ser berrado pelas calçadas de uma cidade. "Que é?", indaguei do intruso com a maior frieza. Recebi então como resposta gritada a notícia de que o professor morrera naquela madrugada. E branca, de olhos muito abertos, eu olhara a rua vertiginosa a meus pés. Minha compostura quebrada como a de uma boneca partida.

Voltando a quatro anos atrás. Foi talvez por tudo o que contei, misturado e em conjunto, que escrevi a composição que o professor mandara, ponto de desenlace dessa história e começo de outras. Ou foi apenas por pressa de acabar de qualquer modo o dever para poder brincar no parque.

– Vou contar uma história, disse ele, e vocês façam a composição. Mas usando as palavras de vocês. Quem for acabando não precisa esperar pela sineta, já pode ir para o recreio.

O que ele contou: um homem muito pobre sonhara que descobrira um tesouro e ficara muito rico; acordando, arrumara sua trouxa, saíra em busca do tesouro; andara o mundo inteiro e continuava sem achar o tesouro; cansado, voltara para a sua pobre, pobre casinha; e como não tinha o que comer, começara a plantar no seu pobre quintal; tanto plantara, tanto colhera, tanto começara a vender que terminara ficando muito rico.

Ouvi com ar de desprezo, ostensivamente brincando com o lápis, como se quisesse deixar claro que suas histórias não me ludibriavam e que eu bem sabia quem ele era. Ele contara sem olhar uma só vez para mim. É que na falta de jeito de amá-lo e no gosto de persegui-lo, eu também o acossava com o olhar: a tudo o que ele dizia eu respondia com um simples olhar direto, do qual ninguém em sã consciência poderia me acusar. Era um olhar que eu tornava bem límpido e angélico, muito aberto, como o da candidez olhando o crime. E conseguia sempre o mesmo resultado: com perturbação ele evitava meus olhos, começando a gaguejar. O que me enchia de um poder que me amaldiçoava. E de piedade. O que por sua vez me irritava. Irritava-me que ele obrigasse uma porcaria de criança a compreender um homem.

Eram quase dez horas da manhã, em breve soaria a sineta do recreio. Aquele meu colégio, alugado dentro de um dos parques da cidade, tinha o maior campo de recreio que já vi. Era tão bonito para mim como seria para um esquilo ou um cavalo. Tinha árvores espalhadas, longas descidas e subidas e estendida relva. Não acabava nunca. Tudo ali era longe e grande, feito para pernas compridas de menina, com lugar para montes de tijolo e madeira de origem ignorada, para moitas de azedas begônias que nós comíamos, para sol e sombra onde as abelhas faziam mel. Lá cabia um ar livre imenso. E tudo fora vivido por nós: já tínhamos rolado de cada declive, intensamente cochichado atrás de cada monte de tijolo, comido de várias flores e em todos os troncos havíamos a canivete gravado datas, doces nomes feios e corações transpassados por flechas; meninos e meninas ali faziam o seu mel.

Eu estava no fim da composição e o cheiro das sombras escondidas já me chamava. Apressei-me. Como eu só sabia "usar minhas próprias palavras", escrever era simples. Apressava-me também o desejo de ser a primeira a atravessar a sala – o professor terminara por me isolar em quarentena na última carteira – e entregar-lhe insolente a composição, demonstrando-lhe assim minha rapidez, qualidade que me parecia essencial para se viver e que, eu tinha certeza, o professor só podia admirar.

Entreguei-lhe o caderno e ele o recebeu sem ao menos me olhar. Melindrada, sem um elogio pela minha velocidade, saí pulando para o grande parque.

A história que eu transcrevera em minhas próprias palavras era igual a que ele contara. Só que naquela época eu estava começando a "tirar a moral das histórias", o que, se me santificava, mais tarde ameaçaria sufocar-me em rigidez. Com alguma faceirice, pois, havia acrescentado as frases finais. Frases que horas depois eu lia e relia para ver o que nelas haveria de tão poderoso a ponto de enfim ter provocado o homem de um modo como eu própria não conseguira até então. Provavelmente o que o professor quisera deixar implícito na sua história triste é que o trabalho árduo era o único modo de se chegar a ter fortuna. Mas levianamente eu concluíra pela moral oposta: alguma coisa sobre o tesouro que se disfarça, que está onde menos se espera, que é só descobrir, acho que falei em sujos quintais com tesouros. Já não me lembro, não sei se foi exatamente isso. Não consigo imaginar com que palavras de criança teria eu exposto um sentimento simples mas que se torna pensamento complicado. Suponho que, arbitrariamente contrariando o sentido real da história, eu de algum modo já me prometia por escrito que o ócio, mais que o trabalho, me daria as grandes recompensas gratuitas, as únicas a que eu aspirava. É possível também que já então meu tema de vida fosse a irrazoável esperança, e que eu já tivesse iniciado a minha grande obstinação: eu daria tudo o que era meu por nada, mas queria que tudo me fosse dado por nada. Ao contrário do trabalhador da história, na composição eu sacudia dos ombros todos os deveres e dela saía livre e pobre, e com um tesouro na mão.

Fui para o recreio, onde fiquei sozinha com o prêmio inútil de ter sido a primeira, ciscando a terra, esperando impaciente pelos meninos que pouco a pouco começaram a surgir da sala.

No meio das violentas brincadeiras resolvi buscar na minha carteira não me lembro o quê, para mostrar ao caseiro do parque, meu amigo e protetor. Toda molhada de suor, vermelha de uma felicidade irrepresável que se fosse em casa me valeria uns tapas – voei em direção à sala de aula, atravessei-a correndo, e tão estabanada que não vi o professor a folhear os cadernos empilhados sobre a mesa. Já tendo na mão a coisa que eu fora buscar, e iniciando outra corrida de volta – só então meu olhar tropeçou no homem.

Sozinho à cátedra: ele me olhava.

Era a primeira vez que estávamos frente a frente, por nossa conta. Ele me olhava. Meus passos, de vagarosos, quase cessaram.

Pela primeira vez eu estava só com ele, sem o apoio cochichado da classe, sem a admiração que minha afoiteza provocava. Tentei sorrir, sentindo que o sangue me sumia do rosto. Uma gota de suor correu-me pela testa. Ele me olhava. O olhar era uma pata macia e pesada sobre mim. Mas se a pata era suave, tolhia-me toda como a de um gato que sem pressa prende o rabo do rato. A gota de suor foi descendo pelo nariz e pela boca, dividindo ao meio o meu sorriso. Apenas isso: sem uma expressão no olhar, ele me olhava. Comecei a costear a parede de olhos baixos, prendendo-me toda a meu sorriso, único traço de um rosto que já perdera os contornos. Nunca havia percebido como era comprida a sala de aula; só agora, ao lento passo do medo, eu via o seu tamanho real. Nem a minha falta de tempo me deixara perceber até então como eram austeras e altas as paredes; e duras, eu sentia a parede dura na palma da mão. Num pesadelo, do qual sorrir fazia parte, eu mal acreditava poder alcançar o âmbito da porta – de onde eu correria, ah como correria! a me refugiar no meio de meus iguais, as crianças. Além de me concentrar no sorriso, meu zelo minucioso era o de não fazer barulho com os pés, e assim eu aderia à natureza íntima de um perigo do qual tudo o mais eu desconhecia. Foi num arrepio que me adivinhei de repente como num espelho: uma coisa úmida se encostando à parede, avançando devagar na ponta dos pés, e com um sorriso cada vez mais intenso. Meu sorriso cristalizara a sala em silêncio, e mesmo os ruídos que vinham do parque escorriam pelo lado de fora do silêncio. Cheguei finalmente à porta, e o coração imprudente pôs-se a bater alto demais sob o risco de acordar o gigantesco mundo que dormia.

Foi quando ouvi meu nome.

De súbito pregada ao chão, com a boca seca, ali fiquei de costas para ele sem coragem de me voltar. A brisa que vinha pela porta acabou de secar o suor do corpo. Virei-me devagar, contendo dentro dos punhos cerrados o impulso de correr.

Ao som de meu nome a sala se desipnotizara.

E bem devagar vi o professor todo inteiro. Bem devagar vi que o professor era muito grande e muito feio, e que ele era o homem de minha vida. O novo e grande medo. Pequena, sonâmbula, sozinha, diante daquilo a que a minha fatal liberdade finalmente me levara. Meu sorriso, tudo o que sobrara de um rosto, também se apagara. Eu era dois pés endurecidos no chão e um coração que de tão vazio parecia morrer de sede. Ali fiquei, fora do alcance do homem. Meu coração morria de sede, sim. Meu coração morria de sede.

Calmo como antes de friamente matar ele disse:

– Chegue mais perto...

Como é que um homem se vingava?

Eu ia receber de volta em pleno rosto a bola de mundo que eu mesma lhe jogara e que nem por isso me era conhecida. Ia receber de volta uma realidade que não teria existido se eu não a tivesse temerariamente adivinhado e assim lhe dado vida. Até que ponto aquele homem, monte de compacta tristeza, era também monte de fúria? Mas meu passado era agora tarde demais. Um arrependimento estoico manteve erecta a minha cabeça. Pela primeira vez a ignorância, que até então fora o meu grande guia, desamparava-me. Meu pai estava no trabalho, minha mãe morrera há meses. Eu era o único eu.

– ... Pegue o seu caderno..., acrescentou ele.

A surpresa me fez subitamente olhá-lo. Era só isso, então!? O alívio inesperado foi quase mais chocante que o meu susto anterior. Avancei um passo, estendi a mão gaguejante.

Mas o professor ficou imóvel e não entregou o caderno.

Para a minha súbita tortura, sem me desfitar, foi tirando lentamente os óculos. E olhou-me com olhos nus que tinham muitos cílios. Eu nunca tinha visto seus olhos que, com as inúmeras pestanas, pareciam duas baratas doces. Ele me olhava. E eu não soube como existir na frente de um homem. Disfarcei olhando o teto, o chão, as paredes, e mantinha a mão ainda estendida porque não sabia como recolhê-la. Ele me olhava manso, curioso, com os olhos despenteados como se tivesse acordado. Iria ele me amassar com mão inesperada? Ou exigir que eu me ajoelhasse e pedisse perdão. Meu fio de esperança era que ele não soubesse o que eu lhe tinha feito, assim como eu mesma já não sabia, na verdade eu nunca soubera.

– Como é que lhe veio a ideia do tesouro que se disfarça?

– Que tesouro? – murmurei atoleimada.

Ficamos nos fitando em silêncio.

– Ah, o tesouro! precipitei-me de repente mesmo sem entender, ansiosa por admitir qualquer falta, implorando--lhe que meu castigo consistisse apenas em sofrer para sempre de culpa, que a tortura eterna fosse a minha punição, mas nunca essa vida desconhecida.

– O tesouro que está escondido onde menos se espera. Que é só descobrir. Quem lhe disse isso?

O homem enlouqueceu, pensei, pois que tinha a ver o tesouro com aquilo tudo? Atônita, sem compreender, e caminhando de inesperado a inesperado, pressenti no entanto um terreno menos perigoso. Nas minhas corridas eu aprendera a me levantar das quedas mesmo quando mancava, e me refiz logo: "foi a composição do tesouro! esse então deve ter sido o meu erro!" Fraca, e embora pisando cuidadosa na nova e escorregadia segurança, eu no entanto já me levantara o bastante da minha queda para poder sacudir, numa imitação da antiga arrogância, a futura cabeleira ondulada:

– Ninguém, ora..., respondi mancando. Eu mesma inventei, disse trêmula, mas já recomeçando a cintilar.

Se eu ficara aliviada por ter alguma coisa enfim concreta com que lidar, começava no entanto a me dar conta de algo muito pior. A súbita falta de raiva nele. Olhei-o intrigada, de viés. E aos poucos desconfiadíssima. Sua falta de raiva começara a me amedrontar, tinha ameaças novas que eu não compreendia. Aquele olhar que não me desfitava – e sem cólera... Perplexa, e a troco de nada, eu perdia o meu inimigo e sustento. Olhei-o surpreendida. Que é que ele queria de mim? Ele me constrangia. E seu olhar sem raiva passara a me importunar mais do que a brutalidade que eu temera. Um medo pequeno, todo frio e suado, foi me tomando. Devagar, para ele não perceber, recuei as costas até encontrar atrás delas a parede, e depois a cabeça recuou até não ter mais para onde ir. Daquela parede onde eu me engastara toda, furtivamente olhei-o.

E meu estômago se encheu de uma água de náusea. Não sei contar.

Eu era uma menina muito curiosa e, para a minha palidez, eu vi. Eriçada, prestes a vomitar, embora até hoje não saiba ao certo o que vi. Mas sei que vi. Vi tão fundo quanto numa boca, de chofre eu via o abismo do mundo. Aquilo que eu via era anônimo como uma barriga aberta para uma operação de intestinos. Vi uma coisa se fazendo na sua cara – o mal-estar já petrificado subia com esforço até a sua pele, vi a careta vagarosamente hesitando e quebrando uma crosta – mas essa coisa que em muda catástrofe se desenraizava, essa coisa ainda se parecia tão pouco com um sorriso como se um fígado ou um pé tentassem sorrir, não sei. O que vi, vi tão de perto que não sei o que vi. Como se meu olho curioso se tivesse colado ao buraco da fechadura e em choque deparasse do outro lado com outro olho colado me olhando. Eu vi dentro de um olho. O que era tão incompreensível como um olho. Um olho aberto com sua gelatina móvel. Com suas lágrimas orgânicas. Por si mesmo o olho chora, por si mesmo o olho ri. Até que o esforço do homem foi se completando todo atento, e em vitória infantil ele mostrou, pérola arrancada da barriga aberta – que estava sorrindo. Eu vi um homem com entranhas sorrindo. Via sua apreensão extrema em não errar, sua aplicação de aluno lento, a falta de jeito como se de súbito ele se tivesse tornado canhoto. Sem entender, eu sabia que pediam de mim que eu recebesse a entrega dele e de sua barriga aberta, e que eu recebesse o seu peso de homem. Minhas costas forçaram desesperadamente a parede, recuei – era cedo demais para eu ver tanto. Era cedo demais para eu ver como nasce a vida.

Vida nascendo era tão mais sangrento do que morrer. Morrer é ininterrupto. Mas ver matéria inerte lentamente tentar se erguer como um grande morto-vivo... Ver a esperança me aterrorizava, ver a vida me embrulhava o estômago. Estavam pedindo demais de minha coragem só porque eu era corajosa, pediam minha força só porque eu era forte. "Mas e eu?", gritei dez anos depois por motivos de amor perdido, "quem virá jamais à minha fraqueza!" Eu o olhava surpreendida, e para sempre não soube o que vi, o que eu vira poderia cegar os curiosos.

Então ele disse, usando pela primeira vez o sorriso que aprendera:

– Sua composição do tesouro está tão bonita. O tesouro que é só descobrir. Você... – ele nada acrescentou por um momento. Perscrutou-me suave, indiscreto, tão meu íntimo como se ele fosse o meu coração. – Você é uma menina muito engraçada, disse afinal.

Foi a primeira vergonha real de minha vida. Abaixei os olhos, sem poder sustentar o olhar indefeso daquele homem a quem eu enganara.

Sim, minha impressão era a de que, apesar de sua raiva, ele de algum modo havia confiado em mim, e que então eu o enganara com a lorota do tesouro. Naquele tempo eu pensava que tudo o que se inventa é mentira, e somente a consciência atormentada do pecado me redimia do vício. Abaixei os olhos com vergonha. Preferia sua cólera antiga, que me ajudara na minha luta contra mim mesma, pois coroava de insucesso os meus métodos e talvez terminasse um dia me corrigindo: eu não queria era esse agradecimento que não só era a minha pior punição, por eu não merecê-lo, como vinha encorajar minha vida errada que eu tanto temia, viver errado me atraía. Eu bem quis lhe avisar que não se acha tesouro à toa. Mas, olhando-o, desanimei: faltava-me a coragem de desiludi-lo. Eu já me habituara a proteger a alegria dos outros, a de meu pai, por exemplo, que era mais desprevenido que eu. Mas como me foi difícil engolir a seco essa alegria que tão irresponsavelmente eu causara! Ele parecia um mendigo que agradecesse o prato de comida sem perceber que lhe haviam dado carne estragada. O sangue me subira ao rosto, agora tão quente que pensei estar com os olhos injetados, enquanto ele, provavelmente em novo engano, devia pensar que eu corara de prazer ao elogio. Naquela mesma noite aquilo tudo se transformaria em incoercível crise de vômitos que manteria acesas todas as luzes de minha casa.

– Você – repetiu então ele lentamente como se aos poucos estivesse admitindo com encantamento o que lhe viera por acaso à boca –, você é uma menina muito engraçada, sabe? Você é uma doidinha..., disse usando outra vez o sorriso como um menino que dorme com os sapatos novos. Ele nem ao menos sabia que ficava feio quando sorria. Confiante, deixava-me ver a sua feiura, que era a sua parte mais inocente.

Tive que engolir como pude a ofensa que ele me fazia ao acreditar em mim, tive que engolir a piedade por ele, a vergonha por mim, "tolo!", pudesse eu lhe gritar, "essa história de tesouro disfarçado foi inventada, é coisa só para menina!" Eu tinha muita consciência de ser uma criança, o que explicava todos os meus graves defeitos, e pusera tanta fé em um dia crescer – e aquele homem grande se deixara enganar por uma menina safadinha. Ele matava em mim pela primeira vez a minha fé nos adultos: também ele, um homem, acreditava como eu nas grandes mentiras...

... E de repente, com o coração batendo de desilusão, não suportei um instante mais – sem ter pegado o caderno corri para o parque, a mão na boca como se me tivessem quebrado os dentes. Com a mão na boca, horrorizada, eu corria, corria para nunca parar, a prece profunda não é aquela que pede, a prece mais profunda é a que não pede mais – eu corria, eu corria muito espantada. Na minha impureza eu havia depositado a esperança de redenção nos adultos. A necessidade de acreditar na minha bondade futura fazia com que eu venerasse os grandes, que eu fizera à minha imagem, mas a uma imagem de mim enfim purificada pela penitência do crescimento, enfim liberta da alma suja de menina. E tudo isso o professor agora destruía, e destruía meu amor por ele e por mim. Minha salvação seria impossível: aquele homem também era eu. Meu amargo ídolo que caíra ingenuamente nas artimanhas de uma criança confusa e sem candura, e que se deixara docilmente guiar pela minha diabólica inocência... Com a mão apertando a boca, eu corria pela poeira do parque.

Quando enfim me dei conta de estar bem longe da órbita do professor, sofreei exausta a corrida, e quase a cair encostei-me em todo o meu peso no tronco de uma árvore, respirando alto, respirando. Ali fiquei ofegante e de olhos fechados, sentindo na boca o amargo empoeirado do tronco, os dedos mecanicamente passando e repassando pelo duro entalhe de um coração com flecha. E de repente, apertando os olhos fechados, gemi entendendo um pouco mais: estaria ele querendo dizer que... que eu era um tesouro disfarçado? O tesouro onde menos se espera... Oh não, não, coitadinho dele, coitado daquele rei da Criação, de tal modo precisara... de quê? de que precisara ele?... que até eu me transformara em tesouro.

Eu ainda tinha muito mais corrida dentro de mim, forcei a garganta seca a recuperar o fôlego, e empurrando com raiva o tronco da árvore recomecei a correr em direção ao fim do mundo.

Mas ainda não divisara o fim sombreado do parque, e meus passos foram se tornando mais vagarosos, excessivamente cansados. Eu não podia mais. Talvez por cansaço, mas eu sucumbia. Eram passos cada vez mais lentos e a folhagem das árvores se balançava lenta. Eram passos um pouco deslumbrados. Em hesitação fui parando, as árvores rodavam altas. É que uma doçura toda estranha fatigava meu coração. Intimidada, eu hesitava. Estava sozinha na relva, mal em pé, sem nenhum apoio, a mão no peito cansado como a de uma virgem anunciada. E de cansaço abaixando àquela suavidade primeira uma cabeça finalmente humilde que de muito longe talvez lembrasse a de uma mulher. A copa das árvores se balançava para a frente, para trás. "Você é uma menina muito engraçada, você é uma doidinha", dissera ele. Era como um amor.

Não, eu não era engraçada. Sem nem ao menos saber, eu era muito séria. Não, eu não era doidinha, a realidade era o meu destino, e era o que em mim doía nos outros. E, por Deus, eu não era um tesouro. Mas se eu antes já havia descoberto em mim todo o ávido veneno com que se nasce e com que se rói a vida – só naquele instante de mel e flores descobria de que modo eu curava: quem me amasse, assim eu teria curado quem sofresse de mim. Eu era a escura ignorância com suas fomes e risos, com as pequenas mortes alimentando a minha vida inevitável – que podia eu fazer? eu já sabia que eu era inevitável. Mas se eu não prestava, eu fora tudo o que aquele homem tivera naquele momento. Pelo menos uma vez ele teria que amar, e sem ser a ninguém – através de alguém. E só eu estivera ali. Se bem que esta fosse a sua única vantagem: tendo apenas a mim, e obrigado a iniciar-se amando o ruim, ele começara pelo que poucos chegavam a alcançar. Seria fácil demais querer o limpo; inalcançável pelo amor era o feio, amar o impuro era a nossa mais profunda nostalgia. Através de mim, a difícil de se amar, ele recebera, com grande caridade por si mesmo, aquilo de que somos feitos. Entendia eu tudo isso? Não. E não sei o que na hora entendi. Mas assim como por um instante no professor eu vira com aterrorizado fascínio o mundo – e mesmo agora ainda não sei o que vi, só que para sempre e em um segundo eu vi – assim eu nos entendi, e nunca saberei o que entendi. Nunca saberei o que eu entendo. O que quer que eu tenha entendido no parque foi, com um choque de doçura, entendido pela minha ignorância. Ignorância que ali em pé – numa solidão sem dor, não menor que a das árvores – eu recuperava inteira, a ignorância e a sua verdade incompreensível. Ali estava eu, a menina esperta demais, e eis que tudo o que em mim não prestava servia a Deus e aos homens. Tudo o que em mim não prestava era o meu tesouro.

Como uma virgem anunciada, sim. Por ele me ter permitido que eu o fizesse enfim sorrir, por isso ele me anunciara. Ele acabara de me transformar em mais do que o rei da Criação: fizera de mim a mulher do rei da Criação. Pois logo a mim, tão cheia de garras e sonhos, coubera arrancar de seu coração a flecha farpada. De chofre explicava-se para que eu nascera com mão dura, e para que eu nascera sem nojo da dor. Para que te servem essas unhas longas? Para te arranhar de morte e para arrancar os teus espinhos mortais, responde o lobo do homem. Para que te serve essa cruel boca de fome? Para te morder e para soprar a fim de que eu não te doa demais, meu amor, já que tenho que te doer, eu sou o lobo inevitável pois a vida me foi dada. Para que te servem essas mãos que ardem e prendem? Para ficarmos de mãos dadas, pois preciso tanto, tanto, tanto – uivaram os lobos, e olharam intimidados as próprias garras antes de se aconchegarem um no outro para amar e dormir.

... E foi assim que no grande parque do colégio lentamente comecei a aprender a ser amada, suportando o sacrifício de não merecer, apenas para suavizar a dor de quem não ama. Não, esse foi somente um dos motivos. É que os outros fazem outras histórias. Em algumas foi de meu coração que outras garras cheias de duro amor arrancaram a flecha farpada, e sem nojo de meu grito.

A REPARTIÇÃO DOS PÃES

era sábado e estávamos convidados para o almoço de obrigação. Mas cada um de nós gostava demais de sábado para gastá-lo com quem não queríamos. Cada um fora alguma vez feliz e ficara com a marca do desejo. Eu, eu queria tudo. E nós ali presos, como se nosso trem tivesse descarrilado e fôssemos obrigados a pousar entre estranhos. Ninguém ali me queria, eu não queria a ninguém. Quanto a meu sábado – que fora da janela se balançava em acácias e sombras – eu preferia, a gastá-lo mal, fechá-lo na mão dura, onde eu o amarfanhava como a um lenço. À espera do almoço, bebíamos sem prazer, à saúde do ressentimento: amanhã já seria domingo. Não é com você que eu quero, dizia nosso olhar sem umidade, e soprávamos devagar a fumaça do cigarro seco. A avareza de não repartir o sábado ia pouco a pouco roendo e avançando como ferrugem, até que qualquer alegria seria um insulto à alegria maior.

Só a dona da casa não parecia economizar o sábado para usá-lo numa quinta de noite. Ela, no entanto, cujo coração já conhecera outros sábados. Como pudera esquecer que se quer mais e mais? Não se impacientava sequer com o grupo heterogêneo, sonhador e resignado que na sua casa só esperava como pela hora do primeiro trem partir, qualquer trem – menos ficar naquela estação vazia, menos ter que refrear o cavalo que correria de coração batendo para outros, outros cavalos.

Passamos afinal à sala para um almoço que não tinha a bênção da fome. E foi quando surpreendidos deparamos com a mesa. Não podia ser para nós...

Era uma mesa para homens de boa vontade. Quem seria o conviva realmente esperado e que não viera? Mas éramos nós mesmos. Então aquela mulher dava o melhor não importava a quem? E lavava contente os pés do primeiro estrangeiro. Constrangidos, olhávamos.

A mesa fora coberta por uma solene abundância. Sobre a toalha branca amontoavam-se espigas de trigo. E maçãs vermelhas, enormes cenouras amarelas, redondos tomates de pele quase estalando, chuchus de um verde líquido, abacaxis malignos na sua selvageria, laranjas alaranjadas e calmas, maxixes eriçados como porcos-espinhos, pepinos que se fechavam duros sobre a própria carne aquosa, pimentões ocos e avermelhados que ardiam nos olhos – tudo emaranhado em barbas e barbas úmidas de milho, ruivas como junto de uma boca. E os bagos de uva. As mais roxas das uvas pretas e que mal podiam esperar pelo instante de serem esmagadas. E não lhes importava esmagadas por quem. Os tomates eram redondos para ninguém: para o ar, para o redondo ar. Sábado era de quem viesse. E a laranja adoçaria a língua de quem primeiro chegasse. Junto do prato de cada mal convidado, a mulher que lavava pés de estranhos pusera – mesmo sem nos eleger, mesmo sem nos amar – um ramo de trigo ou um cacho de rabanetes ardentes ou uma talhada vermelha de melancia com seus alegres caroços.

Tudo cortado pela acidez espanhola que se adivinhava nos limões verdes. Nas bilhas estava o leite, como se tivesse atravessado com as cabras o deserto dos penhascos. Vinho, quase negro de tão pisado, estremecia em vasilhas de barro. Tudo diante de nós. Tudo limpo do retorcido desejo humano. Tudo como é, não como quiséramos. Só existindo, e todo. Assim como existe um campo. Assim como as montanhas. Assim como homens e mulheres, e não nós, os ávidos. Assim como um sábado. Assim como apenas existe. Existe.

Em nome de nada, era hora de comer. Em nome de ninguém, era bom. Sem nenhum sonho. E nós pouco a pouco a par do dia, pouco a pouco anonimizados, crescendo, maiores, à altura da vida possível. Então, como fidalgos camponeses, aceitamos a mesa.

Não havia holocausto: aquilo tudo queria tanto ser comido quanto nós queríamos comê-lo. Nada guardando para o dia seguinte, ali mesmo ofereci o que eu sentia àquilo que me fazia sentir. Era um viver que eu não pagara de antemão com o sofrimento da espera, fome que nasce quando a boca já está perto da comida. Porque agora estávamos com fome, fome inteira que abrigava o todo e as migalhas. Quem bebia vinho, com os olhos tomava conta do leite. Quem lento bebeu o leite, sentiu o vinho que o outro bebia. Lá fora Deus nas acácias. Que existiam. Comíamos. Como quem dá água ao cavalo. A carne trinchada foi distribuída. A cordialidade era rude e rural. Ninguém falou mal de ninguém porque ninguém falou bem de ninguém. Era reunião de colheita, e fez-se trégua. Comíamos. Como uma horda de seres vivos, cobríamos gradualmente a terra. Ocupados como quem lavra a existência, e planta, e colhe, e mata, e vive, e morre, e come. Comi com a honestidade de quem não engana o que come: comi aquela comida e não o seu nome. Nunca Deus foi tão tomado pelo que Ele é. A comida dizia rude, feliz, austera: come, come e reparte. Aquilo tudo me pertencia, aquela era a mesa de meu pai. Comi sem ternura, comi sem a paixão da piedade. E sem me oferecer à esperança. Comi sem saudade nenhuma. E eu bem valia aquela comida. Porque nem sempre posso ser a guarda de meu irmão, e não posso mais ser a minha guarda, ah não me quero mais. E não quero formar a vida porque a existência já existe. Existe como um chão onde nós todos avançamos. Sem uma palavra de amor. Sem uma palavra. Mas teu prazer entende o meu. Nós somos fortes e nós comemos. Pão é amor entre estranhos.

A MENSAGEM

 princípio, quando a moça disse que sentia *angústia*, o rapaz se surpreendeu tanto que corou e mudou rapidamente de assunto para disfarçar o aceleramento do coração.

Mas há muito tempo – desde que era jovem – ele passara afoitamente do simplismo infantil de falar dos acontecimentos em termos de "coincidência". Ou melhor – *evoluindo* muito e não acreditando nunca mais – ele considerava a expressão "coincidência" um novo truque de palavras e um renovado ludíbrio.

Assim, engolida emocionadamente a alegria involuntária que a verdadeiramente espantosa coincidência dela também sentir angústia lhe provocara – ele se viu falando com ela na sua própria angústia, e logo com uma moça! ele que de coração de mulher só recebera o beijo de mãe.

Viu-se conversando com ela, escondendo com secura o maravilhamento de enfim poder falar sobre coisas que realmente importavam; e logo com uma moça! Conversavam também sobre livros, mal podiam esconder a urgência que tinham de pôr em dia tudo em que nunca antes haviam falado. Mesmo assim, jamais certas palavras eram pronunciadas entre ambos. Dessa vez não porque a expressão fosse mais uma armadilha de que *os outros* dispõem para enganar os moços. Mas por vergonha. Porque nem tudo ele teria coragem de dizer, mesmo que ela, por sentir angústia, fosse pessoa de confiança. Nem em *missão* ele falaria jamais, embora essa expressão tão perfeita, que ele por assim dizer criara, lhe ardesse na boca, ansiosa por ser dita.

Naturalmente, o fato dela também sofrer simplificara o modo de se tratar uma moça, conferindo-lhe um caráter masculino. Ele passou a tratá-la como camarada.

Ela mesma também passou a ostentar com modéstia aureolada a própria angústia, como um novo sexo. Híbridos – ainda sem terem escolhido um modo pessoal de andar, e sem terem ainda uma caligrafia definitiva, cada dia a copiarem os pontos de aula com letra diferente – híbridos eles se procuravam, mal disfarçando a gravidade. Uma vez ou outra, ele ainda sentia aquela incrédula aceitação da coincidência: ele, tão original, ter encontrado alguém que falava a sua língua! Aos poucos compactuaram. Bastava ela dizer, como numa senha, "passei ontem uma tarde ruim", e ele sabia com austeridade que ela sofria como ele sofria. Havia tristeza, orgulho e audácia entre ambos.

Até que também a palavra angústia foi secando, mostrando como a linguagem falada mentia. (Eles queriam um dia escrever.) A palavra angústia passou a tomar aquele tom que *os outros* usavam, e passou a ser um motivo de leve hostilidade entre ambos. Quando ele sofria, achava uma gafe ela falar em angústia. "Eu já *superei* esta palavra", ele sempre *superava* tudo antes dela, só depois é que a moça o alcançava.

E aos poucos ela se cansou de ser aos olhos dele a única mulher angustiada. Apesar disso lhe conferir um caráter intelectual, ela também era alerta a essa espécie de equívocos. Pois ambos queriam, acima de tudo, ser *autênticos*. Ela, por exemplo, não queria erros nem mesmo a seu favor, queria a *verdade*, por pior que fosse. Aliás, às vezes tanto melhor se fosse "por pior que fosse". Sobretudo a moça já começara a não sentir prazer em ser condecorada com o título de homem ao menor sinal que apresentava de... de ser uma pessoa. Ao mesmo tempo que isso a lisonjeava, ofendia um pouco: era como se ele se surpreendesse de ela ser capaz, exatamente por não julgá-la capaz. Embora, se ambos não tomassem cuidado, o fato dela ser mulher poderia de súbito vir à tona. Eles tomavam cuidado.

Mas, naturalmente, havia a confusão, a falta de possibilidade de explicação, e isso significava tempo que ia passando. Meses mesmo.

E apesar da hostilidade entre ambos se tornar gradativamente mais intensa, como mãos que estão perto e não se dão, eles não podiam se impedir de se procurar. E isso porque – se na boca dos *outros* chamá-los de "jovens" lhes era uma injúria – entre ambos "ser jovem" era o mútuo segredo, e a mesma desgraça irremediável. Eles não podiam deixar de se procurar porque, embora hostis – com o repúdio que seres de sexo diferente têm quando não se desejam –, embora hostis, eles acreditavam na sinceridade que cada um tinha, *versus* a grande mentira alheia. O coração ofendido de ambos não perdoava a mentira alheia. Eles eram sinceros. E, por não serem mesquinhos, passavam por cima do fato de terem muita facilidade para mentir – como se o que realmente importasse fosse apenas a sinceridade da imaginação. Assim continuaram a se procurar, vagamente orgulhosos de serem diferentes dos *outros*, tão diferentes a ponto de nem se amarem. Aqueles *outros* que nada faziam senão viver. Vagamente conscientes de que havia algo de falso em suas relações. Como se fossem homossexuais de sexo oposto, e impossibilitados de unir, em uma só, a desgraça de cada um. Eles apenas concordavam no único ponto que os unia: o erro que havia no mundo e a tácita certeza de que se eles não o salvassem seriam traidores. Quanto a amor, eles não se amavam, era claro. Ela até já lhe falara de uma paixão que tivera recentemente por um professor. Ele chegara a lhe dizer – já que ela era como um homem para ele –, chegara mesmo a lhe dizer, com uma frieza que inesperadamente se quebrara em horrível bater de coração, que um rapaz é obrigado a resolver "certos problemas", se quiser ter a cabeça livre para pensar. Ele tinha dezesseis anos, e ela, dezessete. Que ele, com severidade, resolvia de vez em quando certos problemas, nem seu pai sabia.

O fato é que, tendo uma vez se encontrado na parte secreta deles mesmos, resultara na tentação e na esperança de um dia chegar ao máximo. Que máximo?

Que é, afinal, que eles queriam? Eles não sabiam, e usavam-se como quem se agarra em rochas menores até poder sozinho galgar a maior, a difícil e a impossível; usavam-se para se exercitarem na iniciação; usavam-se impacientes, ensaiando um com o outro o modo de bater asas para que enfim – cada um sozinho e liberto – pudesse dar o grande voo solitário que também significaria o adeus um do outro. Era isso? Eles se precisavam temporariamente, irritados pelo outro ser desastrado, um culpando o outro de não ter experiência. Falhavam em cada encontro, como se numa cama se desiludissem. O que é, afinal, que queriam? Queriam aprender. Aprender o quê? eram uns desastrados. Oh, eles não poderiam dizer que eram infelizes sem ter vergonha, porque sabiam que havia os que passam fome; eles comiam com fome e vergonha. Infelizes? Como? se na verdade tocavam, sem nenhum motivo, num tal ponto extremo de felicidade como se o mundo fosse sacudido e dessa árvore imensa caíssem mil frutos. Infelizes? se eram corpos com sangue como uma flor ao sol. Como? se estavam para sempre sobre as próprias pernas fracas, conturbados, livres, milagrosamente de pé, as pernas dela depiladas, as dele indecisas mas a terminarem em sapatos número 44. Como poderiam jamais ser infelizes seres assim?

Eles eram muito infelizes. Procuravam-se cansados, expectantes, forçando uma continuação da compreensão inicial e casual que nunca se repetira – e sem nem ao menos se amarem. O ideal os sufocava, o tempo passava inútil, a urgência os chamava – eles não sabiam para o que caminhavam, e o caminho os chamava. Um pedia muito do outro, mas é que ambos tinham a mesma carência, e jamais procurariam um par mais velho que lhes ensinasse, por que não eram doidos de se entregarem sem mais nem menos ao mundo feito.

Um modo possível de ainda se salvarem seria o que eles nunca chamariam de *poesia*. Na verdade, o que seria poesia, essa palavra constrangedora? Seria encontrarem-se quando, por coincidência, caísse uma chuva repentina sobre a cidade? Ou talvez, enquanto tomavam um refresco, olharem ao mesmo tempo a cara de uma mulher passando na rua? ou mesmo encontrarem-se por coincidência na velha noite de lua e vento? Mas ambos haviam nascido com a palavra poesia já publicada com o maior despudor nos suplementos de domingo dos jornais. Poesia era a palavra dos mais velhos. E a desconfiança de ambos era enorme, como de bichos. Em quem o instinto avisa: que um dia serão caçados. Eles já tinham sido por demais enganados para poderem agora acreditar. E, para caçá-los, teria sido preciso uma enorme cautela, muito faro e muita lábia, e um carinho ainda mais cauteloso – um carinho que não os ofendesse – para, pegando-os desprevenidos, poder capturá-los na rede. E, com mais cautela ainda para não despertá-los, levá-los astuciosamente para o mundo dos viciados, para o mundo já criado; pois esse era o papel dos adultos e dos espiões. De tão longamente ludibriados, vaidosos da própria amargura, tinham repugnância por palavras, sobretudo quando uma palavra – como poesia – era tão esperta que quase exprimia, e aí então é que mostrava mesmo como exprimia pouco. Ambos tinham, na verdade, repugnância pela maioria das palavras, o que estava longe de facilitar-lhes uma comunicação, já que eles ainda não haviam inventado palavras melhores: eles se desentendiam constantemente, obstinados rivais. Poesia? Oh, como eles a detestavam. Como se fosse sexo. Eles também achavam que *os outros* queriam caçá-los não para o sexo, mas para a *normalidade*. Eles eram medrosos, científicos, exaustos de experiência. Na palavra experiência, sim, eles falavam sem pudor e sem explicá-la: a expressão ia mesmo variando sempre de significado. Experiência às vezes também se confundia com *mensagem*. Eles usavam ambas as palavras sem aprofundar-lhes muito o sentido.

Aliás, não aprofundavam nada, como se não houvesse tempo, como se existissem coisas demais sobre as quais trocar ideias. Não percebendo que não trocavam nenhuma ideia.

Bem, mas não era apenas isso, e nem com essa simplicidade. Não era apenas isso: nesse ínterim o tempo ia passando, confuso, vasto, entrecortado, e o coração do tempo era o sobressalto e havia aquele ódio contra o mundo que ninguém lhes diria que era amor desesperado e era piedade, e havia neles a cética sabedoria de velhos chineses, sabedoria que de repente podia se quebrar denunciando duas caras que se consternavam porque eles não sabiam como se sentar com naturalidade numa sorveteria: tudo então se quebrava, denunciando de repente dois impostores. O tempo ia passando, nenhuma ideia se trocava, e nunca, nunca eles se compreendiam com perfeição como na primeira vez em que ela dissera que sentia *angústia* e, por milagre, também ele dissera que sentia, e formara-se o pacto horrível. E nunca, nunca acontecia alguma coisa que enfim arrematasse a cegueira com que estendiam as mãos e que os tornasse prontos para o destino que impaciente os esperava, e os fizesse enfim dizer para sempre adeus.

Talvez estivessem tão prontos para se soltarem um do outro como uma gota de água quase a cair, e apenas esperassem algo que simbolizasse a plenitude da *angústia* para poderem se separar. Talvez, maduros como uma gota de água, tivessem provocado o acontecimento de que falarei.

O vago acontecimento em torno da casa velha só existiu porque eles estavam prontos para isso. Tratava-se apenas de uma casa velha e vazia. Mas eles tinham uma vida pobre e ansiosa como se nunca fossem envelhecer, como se nada jamais lhes fosse suceder – e então a casa tornou-se um acontecimento. Haviam voltado da última aula do período escolar. Tinham tomado o ônibus, saltado, e iam andando. Como sempre, andavam entre depressa e soltos, e de repente devagar, sem jamais acertar o passo, inquietos quanto à presença do outro. Era um dia *ruim* para ambos, véspera de férias. A última aula os deixava sem futuro e sem amarras, cada um desprezando o que na casa mútua de ambos as famílias lhes asseguravam como futuro e amor e incompreensão. Sem um dia seguinte e sem amarras, eles estavam pior que nunca, mudos, de olhos abertos.

Nessa tarde a moça estava de dentes cerrados, olhando tudo com rancor ou ardor, como se procurasse no vento, na poeira e na própria extrema pobreza de alma mais uma provocação para a cólera.

E o rapaz, naquela rua da qual eles nem sabiam o nome, o rapaz pouco tinha do homem da Criação. O dia estava pálido, e o menino mais pálido ainda, involuntariamente moço, ao vento, obrigado a viver. Estava porém suave e indeciso, como se qualquer dor só o tornasse ainda mais moço, ao contrário dela, que estava agressiva. Informes como eram, tudo lhes era possível, inclusive às vezes permutavam as qualidades: ela se tornava como um homem, e ele com uma doçura quase ignóbil de mulher. Várias vezes ele quase se despedira, mas, vago e vazio como estava, não saberia o que fazer quando voltasse para casa, como se o fim das aulas tivesse cortado o último elo. Continuara, pois, mudo atrás dela, seguindo-a com a docilidade do desamparo. Apenas um sétimo sentido de mínima escuta ao mundo o mantinha, ligando-o em obscura promessa ao dia seguinte. Não, os dois não eram propriamente neuróticos e – apesar do que eles pensavam um do outro vingativamente nos momentos de mal contida hostilidade – parece que a psicanálise não os resolveria totalmente. Ou talvez resolvesse.

Era uma das ruas que desembocam diante do Cemitério São João Batista, com poeira seca, pedras soltas e pretos parados à porta dos botequins.

Os dois andavam na calçada esburacada que mal os continha de tão estreita. Ela fez um movimento – ele pensou que ela ia atravessar a rua e deu um passo para segui-la – ela se voltou sem saber de que lado ele estava – ele recuou procurando-a. Naquele mínimo instante em que se buscaram inquietos, viraram-se ao mesmo tempo de costas para os ônibus – e ficaram de pé diante da casa, tendo ainda a procura no rosto.

Talvez tudo tivesse vindo de eles estarem com a procura no rosto. Ou talvez do fato da casa estar diretamente encostada à calçada e ficar tão "perto". Eles mal tinham espaço para olhá-la, imprensados como estavam na calçada estreita, entre o movimento ameaçador dos ônibus e a imobilidade absolutamente serena da casa. Não, não era por bombardeio: mas era uma casa quebrada, como diria uma criança. Era grande, larga e alta como as casas ensobradadas do Rio antigo. Uma grande casa enraizada.

Com uma indagação muito maior do que a pergunta que tinham no rosto, eles se haviam voltado incautelosamente ao mesmo tempo, e a casa estava tão perto como se, saindo do nada, lhes fosse jogada aos olhos uma súbita parede. Atrás deles os ônibus, à frente a casa – não havia como não estar ali. Se recuassem seriam atingidos pelos ônibus, se avançassem esbarrariam na monstruosa casa. Tinham sido capturados.

A casa era alta, e perto, eles não podiam olhá-la sem ter que levantar infantilmente a cabeça, o que os tornou de súbito muito pequenos e transformou a casa em mansão. Era como se jamais alguma coisa tivesse estado tão perto deles. A casa devia ter tido uma cor. E qualquer que fosse a cor primitiva das janelas, estas eram agora apenas velhas e sólidas. Apequenados, eles abriram os olhos espantados: a casa era *angustiada*.

A casa era angústia e calma. Como palavra nenhuma o fora. Era uma construção que pesava no peito dos dois meninos. Um sobrado como quem leva a mão à garganta. Quem? quem a construíra, levantando aquela feiura pedra por pedra, aquela catedral do medo solidificado?! Ou fora o tempo que se colara em paredes simples e lhes dera aquele ar de estrangulamento, aquele silêncio de enforcado tranquilo? A casa era forte como um *boxeur* sem pescoço. E ter a cabeça diretamente ligada aos ombros era a angústia. Eles olharam a casa como crianças diante de uma escadaria.

Enfim ambos haviam inesperadamente alcançado a meta e estavam diante da esfinge. Boquiabertos, na extrema união do medo e do respeito e da palidez, diante daquela verdade. A nua angústia dera um pulo e colocara-se diante deles – nem ao menos familiar como a palavra que eles tinham se habituado a usar. Apenas uma casa grossa, tosca, sem pescoço, só aquela potência antiga.

Eu sou enfim a própria coisa que vocês procuravam, disse a casa grande.

E o mais engraçado é que não tenho segredo nenhum, disse também a grande casa.

A moça olhava adormecida. Quanto ao rapaz, seu sétimo sentido enganchara-se na parte mais interior da construção e ele sentia na ponta do fio um mínimo estremecimento de resposta. Mal se movia, com medo de espantar a própria atenção. A moça ancorara-se no espanto, com medo de sair deste para o terror de uma descoberta. Mal falassem, e a casa desabaria. O silêncio de ambos deixava o sobrado intacto. Mas, se antes eles tinham sido forçados a olhá-lo, agora, mesmo que lhes avisassem que o caminho estava livre para fugirem, ali ficariam, presos pelo fascínio e pelo horror. Fixando aquela coisa erguida tão antes deles nascerem, aquela coisa secular e já esvaziada de sentido, aquela coisa vinda do passado. Mas e o futuro?! Oh Deus, dai-nos o nosso futuro! A casa sem olhos, com a potência de um cego. E se tinha olhos, eram redondos olhos vazios de estátua. Oh Deus, não nos deixeis ser filhos desse passado vazio, entregai-nos ao futuro. Eles queriam ser filhos. Mas não dessa endurecida carcaça fatal, eles não compreendiam o passado: oh livrai-nos do passado, deixai-nos cumprir o nosso duro dever. Pois não era a liberdade o que as duas crianças queriam, elas bem queriam ser convencidas e subjugadas e conduzidas – mas teria que ser por alguma coisa mais poderosa que o grande poder que lhes batia no peito.

A moça desviou subitamente o rosto, tão infeliz que sou, tão infeliz que sempre fui, as aulas acabaram, tudo acabou! – porque na sua avidez ela era ingrata com uma infância que fora provavelmente alegre. A moça subitamente desviou o rosto com uma espécie de grunhido.

Quanto ao rapaz, ele rapidamente perdia pé na vaguidão como se fosse ficando sem um pensamento. Isso também era resultado da luz da tarde: era uma luz lívida e sem hora. O rosto do rapaz estava esverdeado e calmo, e ele agora não tinha nenhuma ajuda das palavras dos *outros*: exatamente como temerariamente aspirara um dia conseguir. Só que não contara com a miséria que havia em não poder exprimir.

Verdes e nauseados, eles não saberiam exprimir. A casa simbolizava alguma coisa que eles jamais poderiam alcançar, mesmo com toda uma vida de procura de expressão. Procurar a expressão, por uma vida inteira que fosse, seria em si um divertimento, amargo e perplexo, mas divertimento, e seria uma divergência que pouco a pouco os afastaria da perigosa verdade – e os salvaria. Logo eles que, na desesperada esperteza de sobreviver, já tinham inventado para eles mesmos um futuro: ambos iam ser escritores, e com uma determinação tão obstinada como se exprimir a alma a suprimisse enfim. E se não suprimisse, seria um modo de só saber que se mente na solidão do próprio coração.

Ao passo que com a casa do passado eles não poderiam brincar. Agora, tão menores que ela, parecia-lhes que tinham apenas brincado de ser moço e doloroso e de dar a *mensagem*. Agora, espantados, tinham finalmente o que haviam perigosa e imprudentemente pedido: eram dois jovens realmente perdidos. Como diriam as pessoas mais velhas, "eles estavam tendo o que bem mereciam". E eram tão culpados como crianças culpadas, tão culpados como são inocentes os criminosos. Ah, se ainda pudessem apaziguar o mundo por eles exacerbado, assegurando-lhe: "estávamos apenas brincando! somos dois impostores!" Mas era tarde. "Rende-te sem condição e faze de ti uma parte de mim que sou o passado" – dizia-lhes a vida futura. E, por Deus, em nome de que poderia alguém exigir que tivessem esperança de que o futuro seria deles? quem?! mas quem se interessava em esclarecer-lhes o mistério, e sem mentir? havia por acaso alguém trabalhando nesse sentido? Dessa vez, emudecidos como estavam, nem lhes ocorreria acusar a sociedade.

A moça havia subitamente voltado o rosto com um grunhido, uma espécie de soluço ou tosse.

"Meio que chorar nessa hora é bem de mulher", pensou ele do fundo de sua perdição, sem saber o que queria dizer com "essa hora". Mas esta foi a primeira solidez que ele encontrou para si mesmo. Agarrando-se a essa primeira tábua, pôde voltar cambaleante à tona, e como sempre antes da moça. Voltou antes dela, e viu uma casa de pé com um cartaz de "Aluga-se". Ouviu o ônibus às suas costas, viu uma casa vazia, e ao seu lado a moça com um rosto doentio, procurando escondê-lo do homem já acordado: ela procurava por algum motivo ocultar a cara. Ainda vacilante, ele esperou com polidez que ela se recompusesse. Esperou vacilante, sim, mas homem. Magro e irremediavelmente moço, sim, mas homem. Um corpo de homem era a solidez que o recuperava sempre. Volta e meia, quando precisava muito, ele se tornava um homem. Então, com mão incerta, acendeu sem naturalidade um cigarro, como se ele fosse os *outros*, socorrendo-se dos gestos que a maçonaria dos homens lhe dava como apoio e caminho. E ela?

Mas a moça saiu de tudo isso pintada com batom, com o ruge meio manchado, e enfeitada por um colar azul. Plumas que um momento antes haviam feito parte de uma situação e de um futuro, mas agora era como se ela não tivesse lavado o rosto antes de dormir e acordasse com as marcas impudicas de uma orgia anterior. Pois ela, volta e meia, era uma mulher.

Com um cinismo reconfortante, o rapaz olhou-a curioso. E viu que ela não passava de uma moça.

– Fico por aqui mesmo, disse-lhe então despedindo-se com altivez, ele que nem sequer tinha mais hora certa de voltar para casa e sentia no bolso a chave da porta.

Despediram-se e eles, que nunca se apertavam as mãos porque seria convencional, apertaram-se as mãos, pois ela, na falta de jeito de em tão má hora ter seios e um colar, ela estendera desastradamente a sua. O contato das duas mãos úmidas se apalpando sem amor constrangeu o rapaz como uma operação vergonhosa, ele corou. E ela, com batom e ruge, procurou disfarçar a própria nudez enfeitada. Ela não era nada, e afastou-se como se mil olhos a seguissem, esquiva na sua humildade de ter uma condição.

Vendo-a afastar-se, ele a examinou incrédulo, com um interesse divertido: "será possível que mulher possa realmente saber o que é angústia?" E a dúvida fez com que ele se sentisse muito forte. "Não, mulher servia mesmo era para outra coisa, isso não se podia negar." E era de um amigo que ele precisava. Sim, de um amigo leal. Sentiu-se então limpo e franco, sem nada a esconder, leal como um homem. De qualquer tremor de terra, ele saía com um movimento livre para a frente, com a mesma orgulhosa inconsequência que faz o cavalo relinchar. Enquanto ela saiu costeando a parede como uma intrusa, já quase mãe dos filhos que um dia teria, o corpo pressentindo a submissão, corpo sagrado e impuro a carregar. O rapaz olhou-a, espantado de ter sido ludibriado pela moça tanto tempo, e quase sorriu, quase sacudia as asas que acabavam de crescer. Sou homem, disse-lhe o sexo em obscura vitória. De cada luta ou repouso, ele saía mais homem, ser homem se alimentava mesmo daquele vento que agora arrastava poeira pelas ruas do Cemitério São João Batista. O mesmo vento de poeira que fazia com que o outro ser, o fêmeo, se encolhesse ferido, como se nenhum agasalho fosse jamais proteger a sua nudez, esse vento das ruas.

O rapaz viu-a afastar-se, acompanhando-a com olhos pornográficos e curiosos que não pouparam nenhum detalhe humilde da moça. A moça que de súbito pôs-se a correr desesperadamente para não perder o ônibus...

Num sobressalto, fascinado, o rapaz viu-a correr como uma doida para não perder o ônibus, intrigado viu-a subir no ônibus como um macaco de saia curta. O falso cigarro caiu-lhe da mão...

Alguma coisa incômoda o desequilibrara. O que era? Um momento de grande desconfiança o tomava. Mas o que era?! Urgentemente, inquietantemente: o que era? Ele a vira correr toda ágil mesmo que o coração da moça, ele bem adivinhava, estivesse pálido. E vira-a, toda cheia de impotente amor pela humanidade, subir como um macaco no ônibus – e viu-a depois sentar-se quieta e comportada, recompondo a blusa enquanto esperava que o ônibus andasse... Seria isso? Mas o que poderia haver nisso que o enchia de desconfiada atenção? Talvez o fato dela ter corrido à toa, pois o ônibus ainda não ia partir, havia pois tempo... Ela nem precisava ter corrido... Mas o que havia nisso tudo que fazia com que ele erguesse as orelhas em escuta angustiada, numa surdez de quem jamais ouvirá a explicação?

Ele tinha acabado de nascer um homem. Mas, mal assumira o seu nascimento, e estava também assumindo aquele peso no peito; mal assumira a sua glória, e uma experiência insondável dava-lhe a primeira futura ruga. Ignorante, inquieto, mal assumira a masculinidade, e uma nova fome ávida nascia, uma coisa dolorosa como um homem que nunca chora. Estaria ele tendo o primeiro medo de que alguma coisa fosse impossível? A moça era um zero naquele ônibus parado, e no entanto, homem que agora ele era, o rapaz de súbito precisava se inclinar para aquele nada, para aquela moça. E nem ao menos inclinar-se de igual para igual, nem ao menos inclinar-se para conceder... Mas, atolado no seu reino de homem, ele precisava dela. Para quê? para lembrar-se de uma cláusula? para que ela ou outra qualquer não o deixasse ir longe demais e se perder? para que ele sentisse em sobressalto, como estava sentindo, que havia a possibilidade de erro? Ele precisava dela com fome para não esquecer que eram feitos da mesma carne, essa carne pobre da qual, ao subir no ônibus como um macaco, ela parecia ter feito um caminho fatal. Que é! mas afinal que é que está me acontecendo? assustou-se ele.

Nada. Nada, e que não se exagere, fora apenas um instante de fraqueza e vacilação, nada mais que isso, não havia perigo.

Apenas um instante de fraqueza e vacilação. Mas dentro desse sistema de duro juízo final, que não permite nem um segundo de incredulidade senão o ideal desaba, ele olhou estonteado a longa rua – e tudo agora estava estragado e seco como se ele tivesse a boca cheia de poeira. Agora e enfim sozinho, estava sem defesa à mercê da mentira pressurosa com que *os outros* tentavam ensiná-lo a ser um homem. Mas e a mensagem?! a mensagem esfarelada na poeira que o vento arrastava para as grades do esgoto. Mamãe, disse ele.

MACACOS

a primeira vez que tivemos em casa um mico foi perto do Ano-Novo. Estávamos sem água e sem empregada, fazia-se fila para carne, o calor rebentara – e foi quando, muda de perplexidade, vi o presente entrar em casa, já comendo banana, já examinando tudo com grande rapidez e um longo rabo. Mais parecia um macacão ainda não crescido, suas potencialidades eram tremendas. Subia pela roupa estendida na corda, de onde dava gritos de marinheiro, e jogava cascas de banana onde caíssem. E eu exausta. Quando me esquecia e entrava distraída na área de serviço, o grande sobressalto: aquele homem alegre ali. Meu menino menor sabia, antes de eu saber, que eu me desfaria do gorila: "E se eu prometer que um dia o macaco vai adoecer e morrer, você deixa ele ficar? e se você soubesse que de qualquer jeito ele um dia vai cair da janela e morrer lá embaixo?" Meus sentimentos desviavam o olhar. A inconsciência feliz e imunda do macacão-pequeno tornava-me responsável pelo seu destino, já que ele próprio não aceitava culpas. Uma amiga entendeu de que amargura era feita a minha aceitação, de que crimes se alimentava meu ar sonhador, e rudemente me salvou: meninos de morro apareceram numa zoada feliz, levaram o homem que ria, e no desvitalizado Ano-Novo eu pelo menos ganhei uma casa sem macaco.

Um ano depois, acabava eu de ter uma alegria, quando ali em Copacabana vi o agrupamento. Um homem vendia macaquinhos. Pensei nos meninos, nas alegrias que eles me davam de graça, sem nada a ver com as preocupações que também de graça me davam, imaginei uma cadeia de alegria: "Quem receber esta, que a passe a outro", e outro para outro, como o frêmito num rastro de pólvora. E ali mesmo comprei a que se chamaria Lisette.

Quase cabia na mão. Tinha saia, brincos, colar e pulseira de baiana. E um ar de imigrante que ainda desembarca com o traje típico de sua terra. De imigrante também eram os olhos redondos.

Quanto a essa, era mulher em miniatura. Três dias esteve conosco. Era de uma tal delicadeza de ossos. De uma tal extrema doçura. Mais que os olhos, o olhar era arredondado. Cada movimento, e os brincos estremeciam; a saia sempre arrumada, o colar vermelho brilhante. Dormia muito, mas para comer era sóbria e cansada. Seus raros carinhos eram só mordida leve que não deixava marca.

No terceiro dia estávamos na área de serviço admirando Lisette e o modo como ela era nossa. "Um pouco suave demais", pensei com saudade do meu gorila. E de repente foi meu coração respondendo com muita dureza: "Mas isso não é doçura. Isto é morte." A secura da comunicação deixou-me quieta. Depois eu disse aos meninos: "Lisette está morrendo." Olhando-a, percebi então até que ponto de amor já tínhamos ido. Enrolei Lisette num guardanapo, fui com os meninos para o primeiro pronto-socorro, onde o médico não podia atender porque operava de urgência um cachorro. Outro táxi. – Lisette pensa que está passeando, mamãe – outro hospital. Lá deram-lhe oxigênio.

E com o sopro de vida, subitamente revelou-se uma Lisette que desconhecíamos. De olhos muito menos redondos, mais secretos, mais aos risos e na cara prognata e ordinária uma certa altivez irônica; um pouco mais de oxigênio, e deu-lhe uma vontade de falar que ela mal aguentava ser macaca; era, e muito teria a contar. Breve, porém, sucumbia de novo, exausta. Mais oxigênio e dessa vez uma injeção de soro a cuja picada ela reagiu com um tapinha colérico, de pulseira tilintando. O enfermeiro sorriu: "Lisette, meu bem, sossega!"

O diagnóstico: não ia viver, a menos que tivesse oxigênio à mão e, mesmo assim, improvável. "Não se compra macaco na rua", censurou-me ele abanando a cabeça, "às vezes já vem doente". Não, tinha-se que comprar macaca certa, saber da origem, ter pelo menos cinco anos de garantia do amor, saber do que fizera ou não fizera, como se fosse para casar. Resolvi um instante com os meninos. E disse para o enfermeiro: "O senhor está gostando muito de Lisette. Pois se o senhor deixar ela passar uns dias perto do oxigênio, no que ela ficar boa, ela é sua." Mas ele pensava. "Lisette é bonita!", implorei eu. "É linda", concordou ele pensativo. Depois ele suspirou e disse: "Se eu curar Lisette, ela é sua." Fomos embora, de guardanapo vazio.

No dia seguinte telefonaram, e eu avisei aos meninos que Lisette morrera. O menor me perguntou: "Você acha que ela morreu de brincos?" Eu disse que sim. Uma semana depois o mais velho me disse: "Você parece tanto com Lisette!" "Eu também gosto de você", respondi.

O OVO E A GALINHA

e manhã na cozinha sobre a mesa vejo o ovo.

Olho o ovo com um só olhar. Imediatamente percebo que não se pode estar vendo um ovo. Ver um ovo nunca se mantém no presente: mal vejo um ovo e já se torna ter visto um ovo há três milênios. – No próprio instante de se ver o ovo ele é a lembrança de um ovo. – Só vê o ovo quem já o tiver visto. – Ao ver o ovo é tarde demais: ovo visto, ovo perdido. – Ver o ovo é a promessa de um dia chegar a ver o ovo. – Olhar curto e indivisível; se é que há pensamento; não há; há o ovo. – Olhar é o necessário instrumento que, depois de usado, jogarei fora. Ficarei com o ovo. – O ovo não tem um si-mesmo. Individualmente ele não existe.

Ver o ovo é impossível: o ovo é supervisível como há sons supersônicos. Ninguém é capaz de ver o ovo. O cão vê o ovo? Só as máquinas veem o ovo. O guindaste vê o ovo. – Quando eu era antiga um ovo pousou no meu ombro. – O amor pelo ovo também não se sente. O amor pelo ovo é supersensível. A gente não sabe que ama o ovo. – Quando eu era antiga fui depositária do ovo e caminhei de leve para não entornar o silêncio do ovo. Quando morri, tiraram de mim o ovo com cuidado. Ainda estava vivo. – Só quem visse o mundo veria o ovo. Como o mundo, o ovo é óbvio. O ovo não existe mais. Como a luz da estrela já morta, o ovo propriamente dito não existe mais. – Você é perfeito, ovo. Você é branco. – A você dedico o começo. A você dedico a primeira vez.

Ao ovo dedico a nação chinesa.

O ovo é uma coisa suspensa. Nunca pousou. Quando pousa, não foi ele quem pousou. Foi uma coisa que ficou embaixo do ovo. – Olho o ovo na cozinha com atenção superficial para não quebrá-lo. Tomo o maior cuidado de não entendê-lo. Sendo impossível entendê-lo, sei que se eu o entender é porque estou errando. Entender é a prova do erro. Entendê-lo não é o modo de vê-lo. – Jamais pensar no ovo é um modo de tê-lo visto. – Será que sei do ovo? É quase certo que sei. Assim: existo, logo sei. – O que eu não sei do ovo é o que realmente importa. O que eu não sei do ovo me dá o ovo propriamente dito. – A Lua é habitada por ovos.

O ovo é uma exteriorização. Ter uma casca é dar-se. – O ovo desnuda a cozinha. Faz da mesa um plano inclinado. O ovo expõe. – Quem se aprofunda num ovo, quem vê mais do que a superfície do ovo, está querendo outra coisa: está com fome.

Ovo é a alma da galinha. A galinha desajeitada. O ovo certo. A galinha assustada. O ovo certo. Como um projétil parado. Pois ovo é ovo no espaço. Ovo sobre azul. – Eu te amo, ovo. Eu te amo como uma coisa nem sequer sabe que ama outra coisa. – Não toco nele. A aura de meus dedos é que vê o ovo. Não toco nele. – Mas dedicar-me à visão do ovo seria morrer para a vida mundana, e eu preciso da gema e da clara. – O ovo me vê. O ovo me idealiza? O ovo me medita? Não, o ovo apenas me vê. É isento da compreensão que fere. – O ovo nunca lutou. Ele é um dom. – O ovo é invisível a olho nu. De ovo a ovo chega-se a Deus, que é invisível a olho nu. – O ovo terá sido talvez um triângulo que tanto rolou no espaço que foi se ovalando. – O ovo é basicamente um jarro? Terá sido o primeiro jarro moldado pelos etruscos? Não. O ovo é originário da Macedônia. Lá foi calculado, fruto da mais penosa espontaneidade. Nas areias da Macedônia um homem com uma vara na mão desenhou-o. E depois apagou-o com o pé nu. Ovo é coisa que precisa tomar cuidado. Por isso a galinha é o disfarce do ovo. Para que o ovo atravesse os tempos a galinha existe. Mãe é para isso. – O ovo vive foragido por estar sempre adiantado demais para a sua época. – Ovo por enquanto será sempre revolucionário. – Ele vive dentro da galinha para que não o chamem de branco. O ovo é branco mesmo. Mas não pode ser chamado de branco. Não porque isso faça mal a ele, mas as pessoas que chamam a ovo de branco, essas pessoas morrem para a vida. Chamar de branco aquilo que é branco pode destruir a humanidade. Uma vez um homem foi acusado de ser o que ele era, e foi chamado de Aquele Homem. Não tinham mentido: Ele era. Mas até hoje ainda não nos recuperamos, uns após outros. A lei geral para continuarmos vivos: pode-se dizer "um rosto bonito", mas quem disser "o rosto" morre; por ter esgotado o assunto.

Com o tempo, o ovo se tornou um ovo de galinha. Não o é. Mas, adotado, usa-lhe o sobrenome. – Deve-se dizer "o ovo da galinha". Se se disser apenas "o ovo", esgota-se o assunto, e o mundo fica nu. – Em relação ao ovo, o perigo é que se descubra o que se poderia chamar de beleza, isto é, sua veracidade. A veracidade do ovo não é verossímil. Se descobrirem, podem querer obrigá-lo a se tornar retangular. O perigo não é para o ovo, ele não se tornaria retangular. (Nossa garantia é que ele não pode: não pode é a grande força do ovo: sua grandiosidade vem da grandeza de não poder, que se irradia como um não querer.) Mas quem lutasse por torná-lo retangular estaria perdendo a própria vida. O ovo nos põe, portanto, em perigo. Nossa vantagem é que o ovo é invisível. E quanto aos iniciados, os iniciados disfarçam o ovo.

Quanto ao corpo da galinha, o corpo da galinha é a maior prova de que o ovo não existe. Basta olhar para a galinha para se tornar óbvio que o ovo é impossível de existir.

E a galinha? O ovo é o grande sacrifício da galinha. O ovo é a cruz que a galinha carrega na vida. O ovo é o sonho inatingível da galinha. A galinha ama o ovo. Ela não sabe que existe o ovo. Se soubesse que tem em si mesma um ovo, ela se salvaria? Se soubesse que tem em si mesma o ovo, perderia o estado de galinha. Ser uma galinha é a sobrevivência da galinha. Sobreviver é a salvação. Pois parece que viver não existe. Viver leva à morte. Então o que a galinha faz é estar permanentemente sobrevivendo. Sobreviver chama-se manter luta contra a vida que é mortal. Ser uma galinha é isso. A galinha tem o ar constrangido.

É necessário que a galinha não saiba que tem um ovo. Senão ela se salvaria como galinha, o que também não é garantido, mas perderia o ovo. Então ela não sabe. Para que o ovo use a galinha é que a galinha existe. Ela era só para se cumprir, mas gostou. O desarvoramento da galinha vem disso: gostar não fazia parte de nascer. Gostar de estar vivo dói. – Quanto a quem veio antes, foi o ovo que achou a galinha. A galinha não foi sequer chamada. A galinha é diretamente uma escolhida. – A galinha vive como em sonho. Não tem senso da realidade. Todo o susto da galinha é porque estão sempre interrompendo o seu devaneio. A galinha é um grande sono. – A galinha sofre de um mal desconhecido. O mal desconhecido da galinha é o ovo. – Ela não sabe se explicar: "sei que o erro está em mim mesma", ela chama de erro a sua vida, "não sei mais o que sinto" etc.

"Etc. etc. etc." é o que cacareja o dia inteiro a galinha. A galinha tem muita vida interior. Para falar a verdade a galinha só tem mesmo é vida interior. A nossa visão de sua vida interior é o que nós chamamos de "galinha". A vida interior da galinha consiste em agir como se entendesse. Qualquer ameaça e ela grita em escândalo feito uma doida. Tudo isso para que o ovo não se quebre dentro dela. Ovo que se quebra dentro da galinha é como sangue.

A galinha olha o horizonte. Como se da linha do horizonte é que viesse vindo um ovo. Fora de ser um meio de transporte para o ovo, a galinha é tonta, desocupada e míope. Como poderia a galinha se entender se ela é a contradição de um ovo? O ovo ainda é o mesmo que se originou na Macedônia. A galinha é sempre a tragédia mais moderna. Está sempre inutilmente a par. E continua sendo redesenhada. Ainda não se achou a forma mais adequada para uma galinha. Enquanto meu vizinho atende ao telefone ele redesenha com lápis distraído a galinha. Mas para a galinha não há jeito: está na sua condição não servir a si própria. Sendo, porém, o seu destino mais importante que ela, e sendo o seu destino o ovo, a sua vida pessoal não nos interessa.

Dentro de si a galinha não reconhece o ovo, mas fora de si também não o reconhece. Quando a galinha vê o ovo pensa que está lidando com uma coisa impossível. E com o coração batendo, com o coração batendo tanto, ela não o reconhece.

De repente olho o ovo na cozinha e só vejo nele a comida. Não o reconheço, e meu coração bate. A metamorfose está se fazendo em mim: começo a não poder mais enxergar o ovo. Fora de cada ovo particular, fora de cada ovo que se come, o ovo não existe. Já não consigo mais crer num ovo. Estou cada vez mais sem força de acreditar, estou morrendo, adeus, olhei demais um ovo e ele foi me adormecendo.

A galinha que não queria sacrificar a sua vida. A que optou por querer ser "feliz". A que não percebia que, se passasse a vida desenhando dentro de si como numa iluminura o ovo, ela estaria servindo. A que não sabia perder a si mesma. A que pensou que tinha penas de galinha para se cobrir por possuir pele preciosa, sem entender que as penas eram exclusivamente para suavizar a travessia ao carregar o ovo, porque o sofrimento intenso poderia prejudicar o ovo. A que pensou que o prazer lhe era um dom, sem perceber que era para que ela se distraísse totalmente enquanto o ovo se faria. A que não sabia que "eu" é apenas uma das palavras que se desenha enquanto se atende ao telefone, mera tentativa de buscar forma mais adequada. A que pensou que "eu" significa ter um si-mesmo. As galinhas prejudiciais ao ovo são aquelas que são um "eu" sem trégua. Nelas o "eu" é tão constante que elas já não podem mais pronunciar a palavra "ovo". Mas, quem sabe, era disso mesmo que o ovo precisava. Pois se elas não estivessem tão distraídas, se prestassem atenção à grande vida que se faz dentro delas, atrapalhariam o ovo.

Comecei a falar da galinha e há muito já não estou falando mais da galinha. Mas ainda estou falando do ovo.

E eis que não entendo o ovo. Só entendo ovo quebrado: quebro-o na frigideira. É deste modo indireto que me ofereço à existência do ovo: meu sacrifício é reduzir-me à minha vida pessoal. Fiz do meu prazer e da minha dor o meu destino disfarçado. E ter apenas a própria vida é, para quem já viu o ovo, um sacrifício. Como aqueles que, no convento, varrem o chão e lavam a roupa, servindo sem a glória de função maior, meu trabalho é o de viver os meus prazeres e as minhas dores. É necessário que eu tenha a modéstia de viver.

Pego mais um ovo na cozinha, quebro-lhe casca e forma. E a partir deste instante exato nunca existiu um ovo. É absolutamente indispensável que eu seja uma ocupada e uma distraída. Sou indispensavelmente um dos que renegam. Faço parte da maçonaria dos que viram uma vez o ovo e o renegam como forma de protegê-lo. Somos os que se abstêm de destruir, e nisso se consomem. Nós, agentes disfarçados e distribuídos pelas funções menos reveladoras, nós às vezes nos reconhecemos. A um certo modo de olhar, a um jeito de dar a mão, nós nos reconhecemos e a isto chamamos de amor. E então não é necessário o disfarce: embora não se fale, também não se mente, embora não se diga a verdade, também não é mais necessário dissimular. Amor é quando é concedido participar um pouco mais. Poucos querem o amor, porque amor é a grande desilusão de tudo o mais. E poucos suportam perder todas as outras ilusões. Há os que se voluntariam para o amor, pensando que o amor enriquecerá a vida pessoal. É o contrário: amor é finalmente a pobreza. Amor é não ter. Inclusive amor é a desilusão do que se pensava que era amor. E não é prêmio, por isso não envaidece, amor não é prêmio, é uma condição concedida exclusivamente para aqueles que, sem ele, corromperiam o ovo com a dor pessoal. Isso não faz do amor uma exceção honrosa; ele é exatamente concedido aos maus agentes, àqueles que atrapalhariam tudo se não lhes fosse permitido adivinhar vagamente.

A todos os agentes são dadas muitas vantagens para que o ovo se faça. Não é caso de se ter inveja pois, inclusive algumas das condições, piores do que as dos outros, são apenas as condições ideais para o ovo. Quanto ao prazer dos agentes, eles também o recebem sem orgulho. Austeramente vivem todos os prazeres: inclusive é o nosso sacrifício para que o ovo se faça. Já nos foi imposta, inclusive, uma natureza toda adequada a muito prazer. O que facilita. Pelo menos torna menos penoso o prazer.

Há casos de agentes que se suicidam: acham insuficientes as pouquíssimas instruções recebidas, e se sentem sem apoio. Houve o caso do agente que revelou publicamente ser agente porque lhe foi intolerável não ser compreendido, e ele não suportava mais não ter o respeito alheio: morreu atropelado quando saía de um restaurante. Houve um outro que nem precisou ser eliminado: ele próprio se consumiu lentamente na revolta, sua revolta veio quando ele descobriu que as duas ou três instruções recebidas não incluíam nenhuma explicação. Houve outro, também eliminado, porque achava que "a verdade deve ser corajosamente dita", e começou em primeiro lugar a procurá-la; dele se disse que morreu em nome da verdade, mas o fato é que ele estava apenas dificultando a verdade com sua inocência; sua aparente coragem era tolice, e era ingênuo o seu desejo de lealdade, ele não compreendera que ser leal não é coisa limpa, ser leal é ser desleal para com todo o resto. Esses casos extremos de morte não são por crueldade. É que há um trabalho, digamos cósmico, a ser feito, e os casos individuais infelizmente não podem ser levados em consideração. Para os que sucumbem e se tornam individuais é que existem as instituições, a caridade, a compreensão que não discrimina motivos, a nossa vida humana enfim.

Os ovos estalam na frigideira, e mergulhada no sonho preparo o café da manhã. Sem nenhum senso da realidade, grito pelas crianças que brotam de várias camas, arrastam cadeiras e comem, e o trabalho do dia amanhecido começa, gritado e rido e comido, clara e gema, alegria entre brigas, dia que é o nosso sal e nós somos o sal do dia, viver é extremamente tolerável, viver ocupa e distrai, viver faz rir.

E me faz sorrir no meu mistério. O meu mistério é que eu ser apenas um meio, e não um fim, tem-me dado a mais maliciosa das liberdades: não sou boba e aproveito. Inclusive, faço um mal aos outros que, francamente. O falso emprego que me deram para disfarçar a minha verdadeira função, pois aproveito o falso emprego e dele faço o meu verdadeiro; inclusive o dinheiro que me dão como diária para facilitar minha vida de modo a que o ovo se faça, pois esse dinheiro eu tenho usado para outros fins, desvio de verba, ultimamente comprei ações da Brahma e estou rica. A isso tudo ainda chamo ter a necessária modéstia de viver. E também o tempo que me deram, e que nos dão apenas para que no ócio honrado o ovo se faça, pois tenho usado esse tempo para prazeres ilícitos e dores ilícitas, inteiramente esquecida do ovo. Esta é a minha simplicidade.

Ou é isso mesmo que eles querem que me aconteça, exatamente para que o ovo se cumpra? É liberdade ou estou sendo mandada? Pois venho notando que tudo o que é erro meu tem sido aproveitado. Minha revolta é que para eles eu não sou nada, eu sou apenas preciosa: eles cuidam de mim segundo por segundo, com a mais absoluta falta de amor; sou apenas preciosa. Com o dinheiro que me dão, ando ultimamente bebendo. Abuso de confiança? Mas é que ninguém sabe como se sente por dentro aquele cujo emprego consiste em fingir que está traindo, e que termina acreditando na própria traição. Cujo emprego consiste em diariamente esquecer. Aquele de quem é exigida a aparente desonra. Nem meu espelho reflete mais um rosto que seja meu. Ou sou um agente, ou é a traição mesmo.

Mas durmo o sono dos justos por saber que minha vida fútil não atrapalha a marcha do grande tempo. Pelo contrário: parece que é exigido de mim que eu seja extremamente fútil, é exigido de mim inclusive que eu durma como um justo. Eles me querem ocupada e distraída, e não lhes importa como. Pois, com minha atenção errada e minha tolice grave, eu poderia atrapalhar o que se está fazendo através de mim. É que eu própria, eu propriamente dita, só tenho mesmo servido para atrapalhar. O que me revela que talvez eu seja um agente é a ideia de que meu destino me ultrapassa: pelo menos isso eles tiveram mesmo que me deixar adivinhar, eu era daqueles que fariam mal o trabalho se ao menos não adivinhassem um pouco; fizeram-me esquecer o que me deixaram adivinhar, mas vagamente ficou-me a noção de que meu destino me ultrapassa, e de que sou instrumento do trabalho deles. Mas de qualquer modo era só instrumento que eu poderia ser, pois o trabalho não poderia ser mesmo meu. Já experimentei me estabelecer por conta própria e não deu certo; ficou-me até hoje essa mão trêmula. Tivesse eu insistido um pouco mais e teria perdido para sempre a saúde. Desde então, desde essa malograda experiência, procuro raciocinar deste modo: que já me foi dado muito, que eles já me concederam tudo o que pode ser concedido; e que outros agentes, muito superiores a mim, também trabalharam apenas para o que não sabiam. E com as mesmas pouquíssimas instruções. Já me foi dado muito; isto, por exemplo: uma vez ou outra, com o coração batendo pelo privilégio, eu pelo menos sei que não estou reconhecendo! com o coração batendo de emoção, eu pelo menos não compreendo! com o coração batendo de confiança, eu pelo menos não sei.

Mas e o ovo? Este é um dos subterfúgios deles: enquanto eu falava sobre o ovo, eu tinha esquecido do ovo. "Falai, falai", instruíram-me eles. E o ovo fica inteiramente protegido por tantas palavras. Falai muito, é uma das instruções, estou tão cansada. Por devoção ao ovo, eu o esqueci. Meu necessário esquecimento. Meu interesseiro esquecimento. Pois o ovo é um esquivo. Diante de minha adoração possessiva ele poderia retrair-se e nunca mais voltar. Mas se ele for esquecido. Se eu fizer o sacrifício de viver apenas a minha vida e de esquecê-lo. Se o ovo for impossível. Então – livre, delicado, sem mensagem alguma para mim – talvez uma vez ainda ele se locomova do espaço até esta janela que desde sempre deixei aberta. E de madrugada baixe no nosso edifício. Sereno até a cozinha. Iluminando-a de minha palidez.

TENTAÇÃO

Ela estava com soluço. E como se não bastasse a claridade das duas horas, ela era ruiva.

Na rua vazia as pedras vibravam de calor – a cabeça da menina flamejava. Sentada nos degraus de sua casa, ela suportava. Ninguém na rua, só uma pessoa esperando inutilmente no ponto do bonde. E como se não bastasse seu olhar submisso e paciente, o soluço a interrompia de momento a momento, abalando o queixo que se apoiava conformado na mão. Que fazer de uma menina ruiva com soluço? Olhamo-nos sem palavras, desalento contra desalento. Na rua deserta nenhum sinal de bonde. Numa terra de morenos, ser ruivo era uma revolta involuntária. Que importava se num dia futuro sua marca ia fazê-la erguer insolente uma cabeça de mulher? Por enquanto ela estava sentada num degrau faiscante da porta, às duas horas. O que a salvava era uma bolsa velha de senhora, com alça partida. Segurava-a com um amor conjugal já habituado, apertando-a contra os joelhos.

Foi quando se aproximou a sua outra metade neste mundo, um irmão em Grajaú. A possibilidade de comunicação surgiu no ângulo quente da esquina, acompanhando uma senhora, e encarnada na figura de um cão. Era um *basset* lindo e miserável, doce sob a sua fatalidade. Era um *basset* ruivo.

Lá vinha ele trotando, à frente de sua dona, arrastando seu comprimento. Desprevenido, acostumado, cachorro. A menina abriu os olhos pasmada. Suavemente avisado, o cachorro estacou diante dela. Sua língua vibrava. Ambos se olhavam.

Entre tantos seres que estão prontos para se tornarem donos de outro ser, lá estava a menina que viera ao mundo para ter aquele cachorro. Ele fremia suavemente, sem latir. Ela olhava-o sob os cabelos, fascinada, séria. Quanto tempo se passara? Um grande soluço sacudiu-a desafinado. Ele nem sequer tremeu. Também ela passou por cima do soluço e continuou a fitá-lo.

Os pelos de ambos eram curtos, vermelhos.

Que foi que se disseram? Não se sabe. Sabe-se apenas que se comunicaram rapidamente, pois não havia tempo. Sabe-se também que sem falar eles se pediam. Pediam-se com urgência, com encabulamento, surpreendidos.

No meio de tanta vaga impossibilidade e de tanto sol, ali estava a solução para a criança vermelha. E no meio de tantas ruas a serem trotadas, de tantos cães maiores, de tantos esgotos secos – lá estava uma menina, como se fora carne de sua ruiva carne. Eles se fitavam profundos, entregues, ausentes de Grajaú. Mais um instante e o suspenso sonho se quebraria, cedendo talvez à gravidade com que se pediam.

Mas ambos eram comprometidos.

Ela com sua infância impossível, o centro da inocência que só se abriria quando ela fosse uma mulher. Ele, com sua natureza aprisionada.

A dona esperava impaciente sob o guarda-sol. O *basset* ruivo afinal despregou-se da menina e saiu sonâmbulo. Ela ficou espantada, com o acontecimento nas mãos, numa mudez que nem pai nem mãe compreenderiam. Acompanhou-o com olhos pretos que mal acreditavam, debruçada sobre a bolsa e os joelhos, até vê-lo dobrar a outra esquina.

Mas ele foi mais forte que ela. Nem uma só vez olhou para trás.

VIAGEM A PETRÓPOLIS

era uma velha sequinha que, doce e obstinada, não parecia compreender que estava só no mundo. Os olhos lacrimejavam sempre, as mãos repousavam sobre o vestido preto e opaco, velho documento de sua vida. No tecido já endurecido encontravam-se pequenas crostas de pão coladas pela baba que lhe ressurgia agora em lembrança do berço. Lá estava uma nódoa amarelada, de um ovo que comera há duas semanas. E as marcas dos lugares onde dormia. Achava sempre onde dormir, casa de um, casa de outro. Quando lhe perguntavam o nome, dizia com a voz purificada pela fraqueza e por longuíssimos anos de boa educação:

– Mocinha.

As pessoas sorriam. Contente pelo interesse despertado, explicava:

– Nome, nome mesmo, é Margarida.

O corpo era pequeno, escuro, embora ela tivesse sido alta e clara. Tivera pai, mãe, marido, dois filhos. Todos aos poucos tinham morrido. Só ela restara com os olhos sujos e expectantes quase cobertos por um tênue veludo branco. Quando lhe davam alguma esmola davam-lhe pouca, pois ela era pequena e realmente não precisava comer muito. Quando lhe davam cama para dormir davam-na estreita e dura porque Margarida fora aos poucos perdendo volume. Ela também não agradecia muito: sorria e balançava a cabeça.

Dormia agora, não se sabia mais por que motivo, no quarto dos fundos de uma casa grande, numa rua larga cheia de árvores, em Botafogo. A família achava graça em Mocinha mas esquecia-se dela a maior parte do tempo. É que também se tratava de uma velha misteriosa. Levantava-se de madrugada, arrumava sua cama de anão e disparava lépida como se a casa estivesse pegando fogo. Ninguém sabia por onde andava. Um dia uma das moças da casa perguntou-lhe o que andava fazendo. Respondeu com um sorriso gentil:

– Passeando.

Acharam graça que uma velha, vivendo de caridade, andasse a passear. Mas era verdade. Mocinha nascera no Maranhão, onde sempre vivera. Viera para o Rio não há muito, com uma senhora muito boa que pretendia interná-la num asilo, mas depois não pudera ser: a senhora viajara para Minas e dera algum dinheiro para Mocinha se arrumar no Rio. E a velha passeava para ficar conhecendo a cidade. Bastava aliás uma pessoa sentar-se num banco de uma praça e já via o Rio de Janeiro.

Sua vida corria assim sem atropelos, quando a família da casa de Botafogo um dia surpreendeu-se de tê-la em casa há tanto tempo, e achou que assim também era demais. De algum modo tinham razão. Todos lá eram muito ocupados, de vez em quando surgiam casamentos, festas, noivados, visitas. E quando passavam atarefados pela velha, ficavam surpreendidos como se fossem interrompidos, abordados com uma pancadinha no ombro: "olha!" Sobretudo uma das moças da casa sentia um mal-estar irritado, a velha enervava-a sem motivo. Sobretudo o sorriso permanente, embora a moça compreendesse tratar-se de um ricto inofensivo. Talvez por falta de tempo, ninguém falou no assunto. Mas logo que alguém cogitou de mandá-la morar em Petrópolis, na casa da cunhada alemã, houve uma adesão mais animada do que uma velha poderia provocar.

Quando, pois, o filho da casa foi com a namorada e as duas irmãs passar um fim de semana em Petrópolis, levou a velha no carro.

Por que Mocinha não dormiu na noite anterior? À ideia de uma viagem, no corpo endurecido o coração se desenferrujava todo seco e descompassado, como se ela tivesse engolido uma pílula grande sem água. Em certos momentos nem podia respirar. Passou a noite falando, às vezes alto. A excitação do passeio prometido e a mudança de vida, de repente aclaravam-lhe algumas ideias. Lembrou-se de coisas que dias antes juraria nunca terem existido. A começar pelo filho atropelado, morto debaixo de um bonde no Maranhão – se ele tivesse vivido no tráfego do Rio de Janeiro, aí mesmo é que morria atropelado. Lembrou-se dos cabelos do filho, das roupas dele. Lembrou-se da xícara que Maria Rosa quebrara e de como ela gritara com Maria Rosa. Se soubesse que a filha morreria de parto, é claro que não precisaria gritar. E lembrou-se do marido. Só relembrava o marido em mangas de camisa. Mas não era possível, estava certa de que ele ia à repartição com o uniforme de contínuo, ia a festas de paletó, sem falar que não poderia ter ido ao enterro do filho e da filha em mangas de camisa. A procura do paletó do marido ainda mais cansou a velha que se virava com leveza na cama. De repente descobriu que a cama era dura.

– Que cama dura, disse bem alto no meio da noite.

É que se sensibilizara toda. Partes do corpo de que não tinha consciência há longo tempo reclamavam agora a sua atenção. E de súbito – mas que fome furiosa! Alucinada, levantou-se, desamarrou a pequena trouxa, tirou um pedaço de pão com manteiga ressecada que guardava secretamente há dois dias. Comeu o pão como um rato, arranhando até o sangue os lugares da boca onde só havia gengiva. E com a comida, cada vez mais se reanimava. Conseguiu, embora fugazmente, ter a visão do marido se despedindo para ir ao trabalho. Só depois que a lembrança se desvaneceu, viu que esquecera de observar se ele estava ou não em mangas de camisa. Deitou-se de novo, coçando-se toda ardente. Passou o resto da noite nesse jogo de ver por um instante e depois não conseguir ver mais. De madrugada adormeceu.

E pela primeira vez foi preciso acordá-la. Ainda no escuro, a moça veio chamá-la, de lenço amarrado na cabeça e já de maleta na mão. Inesperadamente Mocinha pediu uns instantes para pentear os cabelos. As mãos trêmulas seguravam o pente quebrado. Ela se penteava, ela se penteava. Nunca fora mulher de ir passear sem antes pentear bem os cabelos.

Quando enfim se aproximou do automóvel, o rapaz e as moças se surpreenderam com seu ar alegre e com os passos rápidos. "Tem mais saúde do que eu!", brincou o rapaz. À moça da casa ocorreu: "E eu que até tinha pena dela."

Mocinha sentou-se junto da janela do carro, um pouco apertada pelas duas irmãs acomodadas no mesmo banco.

Nada dizia, sorria. Mas quando o automóvel deu a primeira arrancada, jogando-a para trás, sentiu dor no peito. Não era só por alegria, era um dilaceramento. O rapaz virou-se para trás:

– Não vá enjoar, vovó!

As moças riram, principalmente a que se sentara na frente, a que de vez em quando encostava a cabeça no ombro do rapaz. Por cortesia, a velha quis responder, mas não pôde. Quis sorrir, não conseguiu. Olhou para todos, com olhos lacrimejantes, o que os outros já sabiam que não significava chorar. Qualquer coisa em seu rosto amorteceu um pouco a alegria da moça da casa e deu-lhe um ar obstinado.

A viagem foi muito bonita.

As moças estavam contentes, Mocinha agora já recomeçara a sorrir. E, embora o coração batesse muito, tudo estava melhor. Passaram por um cemitério, passaram por um armazém, árvore, duas mulheres, um soldado, gato! letras – tudo engolido pela velocidade.

Quando Mocinha acordou não sabia mais aonde estava. A estrada já havia amanhecido totalmente: era estreita e perigosa. A boca da velha ardia, os pés e as mãos distanciavam-se gelados do resto do corpo. As moças falavam, a da frente apoiara a cabeça no ombro do rapaz. Os embrulhos despencavam a todo instante.

Então a cabeça de Mocinha começou a trabalhar. O marido apareceu-lhe de paletó – achei, achei! o paletó estava pendurado o tempo todo no cabide. Lembrou-se do nome da amiga de Maria Rosa, daquela que morava defronte: Elvira, e a mãe de Elvira até era aleijada. As lembranças quase lhe arrancavam uma exclamação. Então ela movia os lábios devagar e dizia baixo algumas palavras.

As moças falavam:

– Ah, obrigada, um presente desses eu rejeito!

Foi quando Mocinha começou finalmente a não entender. Que fazia ela no carro? como conhecera seu marido e aonde? como é que a mãe de Maria Rosa e Rafael, a própria mãe deles, estava no automóvel com aquela gente? Logo depois acostumou-se de novo.

O rapaz disse para as irmãs:

– Acho melhor não pararmos defronte, para evitar histórias. Ela salta do carro, a gente ensina aonde é, ela vai sozinha e dá o recado de que é para ficar.

Uma das moças da casa perturbou-se: receava que o irmão, com uma incompreensão típica de homem, falasse demais diante da namorada. Eles não visitavam mais o irmão de Petrópolis, e muito menos a cunhada.

– É sim, interrompeu-o a tempo antes que ele falasse demais. Olha, Mocinha, você entra por aquele beco e não há como errar: na casa de tijolo vermelho, você pergunta por Arnaldo, meu irmão, ouviu? Arnaldo. Diz que lá em casa você não podia mais ficar, diz que na casa de Arnaldo tem lugar e que você até pode vigiar um pouco o garoto, viu...

Mocinha desceu do automóvel, e durante um tempo ainda ficou de pé mas pairando entontecida sobre rodas. O vento fresco soprava-lhe a saia comprida por entre as pernas.

Arnaldo não estava. Mocinha entrou na saleta onde a dona da casa, com um pano contra pó amarrado na cabeça, tomava café. Um menino louro – decerto aquele que Mocinha deveria vigiar – estava sentado diante de um prato de tomates e cebolas e comia sonolento, enquanto as pernas brancas e sardentas balançavam-se sob a mesa. A alemã encheu-lhe o prato de mingau de aveia, empurrou-lhe na mesa pão torrado com manteiga. As moscas zuniam.

Mocinha estava fraca. Se bebesse um pouco de café quente talvez passasse o frio no corpo.

A mulher alemã examinava-a de vez em quando em silêncio: não acreditara na história da recomendação da cunhada, embora "de lá" tudo fosse de se esperar. Mas talvez a velha tivesse ouvido de alguém o endereço, até num bonde, por acaso, isso às vezes acontecia, bastava abrir um jornal e ver que acontecia. É que aquela história não estava nada bem contada, e a velha tinha um ar sabido, nem sequer escondia o sorriso. O melhor seria não deixá-la sozinha na saleta, com o armário cheio de louça nova.

– Preciso antes tomar café, disse-lhe. Depois que meu marido chegar, veremos o que se pode fazer.

Mocinha não entendeu muito bem, pois ela falava como gringa. Mas entendeu que era para continuar sentada. O cheiro de café dava-lhe vontade, e uma vertigem que escurecia a sala toda. Os lábios ardiam secos e o coração batia todo independente. Café, café, olhava ela sorrindo e lacrimejando. A seus pés o cachorro mordia a própria pata, rosnando. A empregada, também meio gringa, alta, de pescoço muito fino e seios grandes, a empregada trouxe um prato de queijo branco e mole. Sem uma palavra, a mãe esmagou bastante queijo no pão torrado e empurrou-o para o lado do filho. O menino comeu tudo e, com a barriga grande, agarrou um palito e levantou-se:

– Mãe, cem cruzeiros.

– Não. Para quê?

– Chocolate.

– Não. Amanhã é que é domingo.

Uma pequena luz iluminou Mocinha: domingo? que fazia naquela casa em vésperas de domingo? Nunca saberia dizer. Mas bem que gostaria de tomar conta daquele menino. Sempre gostara de criança loura: todo menino louro se parecia com o Menino Jesus. O que fazia naquela casa? Mandavam-na à toa de um lado para outro, mas ela contaria tudo, iam ver. Sorriu encabulada: não contaria era nada, pois o que queria mesmo era café.

A dona da casa gritou para dentro, e a empregada indiferente trouxe um prato fundo, cheio de papa escura. Gringos comiam muito de manhã, isso Mocinha vira mesmo no Maranhão. A dona da casa, com seu ar sem brincadeiras porque gringo em Petrópolis era tão sério como no Maranhão, a dona da casa tirou uma colherada de queijo branco, triturou-o com o garfo e misturou-o à papa. Para dizer verdade, porcaria mesmo de gringo. Pôs-se então a comer, absorta, com o mesmo ar de fastio que os gringos do Maranhão têm. Mocinha olhava. O cachorro rosnava às pulgas.

Afinal Arnaldo apareceu em pleno sol, a cristaleira brilhando. Ele não era louro. Falou em voz baixa com a mulher, e depois de demorada confabulação, informou firme e curioso para Mocinha:

— Não pode ser não, aqui não tem lugar não.

E como a velha não protestasse e continuasse a sorrir, ele falou mais alto:

— Não tem lugar não, ouviu?

Mas Mocinha continuava sentada. Arnaldo ensaiou um gesto. Olhou para as duas mulheres na sala e vagamente sentiu o cômico do contraste. A esposa esticada e vermelha. E mais adiante a velha murcha e escura, com uma sucessão de peles secas penduradas nos ombros. Diante do sorriso malicioso da velha, ele se impacientou:

— E agora estou muito ocupado! Eu lhe dou dinheiro e você toma o trem para o Rio, ouviu? volta para a casa de minha mãe, chega lá e diz: casa de Arnaldo não é asilo, viu?

aqui não tem lugar. Diz assim: casa de Arnaldo não é asilo não, viu!

Mocinha pegou no dinheiro e dirigiu-se à porta. Quando Arnaldo já ia se sentar para comer, Mocinha reapareceu:

– Obrigada, Deus lhe ajude.

Na rua, de novo pensou em Maria Rosa, Rafael, o marido. Não sentia a menor saudade. Mas lembrava-se. Dirigiu-se para a estrada, afastando-se cada vez mais da estação. Sorriu como se pregasse uma peça a alguém: em vez de voltar logo, ia antes passear um pouco. Um homem passou. Então uma coisa muito curiosa, e sem nenhum interesse, foi iluminada: quando ela era ainda uma mulher, os homens. Não conseguia ter uma imagem precisa das figuras dos homens, mas viu a si própria com blusas claras e cabelos compridos. A sede voltou-lhe, queimando a garganta. O sol ardia, faiscava em cada seixo branco. A estrada de Petrópolis é muito bonita.

No chafariz de pedra negra e molhada, em plena estrada, uma preta descalça enchia uma lata de água. Mocinha ficou parada, espreitando. Viu depois a preta reunir as mãos em concha e beber.

Quando a estrada ficou de novo vazia, Mocinha adiantou-se como se saísse de um esconderijo e aproximou-se sorrateira do chafariz. Os fios de água escorreram geladíssimos por dentro das mangas até os cotovelos, pequenas gotas brilharam suspensas nos cabelos.

Saciada, espantada, continuou a passear com os olhos mais abertos, em atenção às voltas violentas que a água pesada dava no estômago, acordando pequenos reflexos pelo resto do corpo como luzes.

A estrada subia muito. A estrada era mais bonita que o Rio de Janeiro, e subia muito. Mocinha sentou-se numa pedra que havia junto de uma árvore, para poder apreciar. O céu estava altíssimo, sem nenhuma nuvem. E tinha muito passarinho que voava do abismo para a estrada. A estrada branca de sol se estendia sobre um abismo verde. Então, como estava cansada, a velha encostou a cabeça no tronco da árvore e morreu.

A SOLUÇÃO

Chamava-se Almira e engordara demais. Alice era a sua maior amiga. Pelo menos era o que dizia a todos com aflição, querendo compensar com a própria veemência a falta de amizade que a outra lhe dedicava. Alice era pensativa e sorria sem ouvi-la, continuando a bater à máquina.

À medida que a amizade de Alice não existia, a amizade de Almira mais crescia. Alice era de rosto oval e aveludado. O nariz de Almira brilhava sempre. Havia no rosto de Almira uma avidez que nunca lhe ocorrera disfarçar: a mesma que tinha por comida, seu contato mais direto com o mundo.

Por que Alice tolerava Almira, ninguém entendia. Ambas eram datilógrafas e colegas, o que não explicava. Ambas lanchavam juntas, o que não explicava. Saíam do escritório à mesma hora e esperavam condução na mesma fila. Almira sempre pajeando Alice. Esta, distante e sonhadora, deixando-se adorar. Alice era pequena e delicada. Almira tinha o rosto muito largo, amarelado e brilhante: com ela o batom não durava nos lábios, ela era das que comem o batom sem querer.

Gostei tanto do programa da Rádio Ministério da Educação, dizia Almira procurando de algum modo agradar. Mas Alice recebia tudo como se lhe fosse devido, inclusive a ópera do Ministério da Educação.

Só a natureza de Almira era delicada. Com todo aquele corpanzil, podia perder uma noite de sono por ter dito uma palavra menos bem dita. E um pedaço de chocolate podia de repente ficar-lhe amargo na boca ao pensamento de que fora injusta. O que nunca lhe faltava era chocolate na bolsa, e sustos pelo que pudesse ter feito. Não por bondade. Eram talvez nervos frouxos num corpo frouxo.

Na manhã do dia em que aconteceu, Almira saiu para o trabalho correndo, ainda mastigando um pedaço de pão. Quando chegou ao escritório, olhou para a mesa de Alice e não a viu. Uma hora depois esta aparecia de olhos vermelhos. Não quis explicar nem respondeu às perguntas nervosas de Almira. Almira quase chorava sobre a máquina.

Afinal, na hora do almoço, implorou a Alice que aceitasse almoçarem juntas, ela pagaria.

Foi exatamente durante o almoço que se deu o fato.

Almira continuava a querer saber por que Alice viera atrasada e de olhos vermelhos. Abatida, Alice mal respondia. Almira comia com avidez e insistia com os olhos cheios de lágrimas.

– Sua gorda! disse Alice de repente, branca de raiva. Você não pode me deixar em paz?!

Almira engasgou-se com a comida, quis falar, começou a gaguejar. Dos lábios macios de Alice haviam saído palavras que não conseguiam descer com a comida pela garganta de Almira G. de Almeida.

– Você é uma chata e uma intrometida, rebentou de novo Alice. Quer saber o que houve, não é? Pois vou lhe contar, sua chata: é que Zequinha foi embora para Porto Alegre e não vai mais voltar! agora está contente, sua gorda?

Na verdade Almira parecia ter engordado mais nos últimos momentos, e com comida ainda parada na boca.

Foi então que Almira começou a despertar. E, como se fosse uma magra, pegou o garfo e enfiou-o no pescoço de Alice. O restaurante, ao que se disse no jornal, levantou-se como uma só pessoa. Mas a gorda, mesmo depois de feito o gesto, continuou sentada olhando para o chão, sem ao menos olhar o sangue da outra.

Alice foi ao Pronto-Socorro, de onde saiu com curativos e os olhos ainda arregalados de espanto. Almira foi presa em flagrante.

Algumas pessoas observadoras disseram que naquela amizade bem que havia dente de coelho. Outras, amigas da família, contaram que a avó de Almira, dona Altamiranda, fora mulher muito esquisita. Ninguém se lembrou de que os elefantes, de acordo com os estudiosos do assunto, são criaturas extremamente sensíveis, mesmo nas grossas patas.

Na prisão Almira comportou-se com docilidade e alegria, talvez melancólica, mas alegria mesmo. Fazia graças para as companheiras. Finalmente tinha companheiras. Ficou encarregada da roupa suja, e dava-se muito bem com as guardiães, que vez por outra lhe arranjavam uma barra de chocolate. Exatamente como para um elefante no circo.

EVOLUÇÃO DE UMA MIOPIA

S e era inteligente, não sabia. Ser ou não inteligente dependia da instabilidade dos outros. Às vezes o que ele dizia despertava de repente nos adultos um olhar satisfeito e astuto. Satisfeito, por guardarem em segredo o fato de acharem-no inteligente e não o mimarem; astuto, por participarem mais do que ele próprio daquilo que ele dissera. Assim, pois, quando era considerado inteligente, tinha ao mesmo tempo a inquieta sensação de inconsciência: alguma coisa lhe havia escapado. A chave de sua inteligência também lhe escapava. Pois às vezes, procurando imitar a si mesmo, dizia coisas que iriam certamente provocar de novo o rápido movimento no tabuleiro de damas, pois era esta a impressão de mecanismo automático que ele tinha dos membros de sua família: ao dizer alguma coisa inteligente, cada adulto olharia rapidamente o outro, com um sorriso claramente suprimido dos lábios, um sorriso apenas indicado com os olhos, "como nós sorriríamos agora, se não fôssemos bons educadores" – e, como numa quadrilha de dança de filme de faroeste, cada um teria de algum modo trocado de par e lugar. Em suma, eles se entendiam, os membros de sua família; e entendiam-se à sua custa. Fora de se entenderem à sua custa, desentendiam-se permanentemente, mas como nova forma de dançar uma quadrilha: mesmo quando se desentendiam, sentia que eles estavam submissos às regras de um jogo, como se tivessem concordado em se desentenderem.

Às vezes, pois, ele tentava reproduzir suas próprias frases de sucesso, as que haviam provocado movimento no tabuleiro de damas. Não era propriamente para reproduzir o sucesso passado, nem propriamente para provocar o movimento mudo da família. Mas para tentar apoderar-se da chave de sua "inteligência". Na tentativa de descoberta de leis e causas, porém, falhava. E, ao repetir uma frase de sucesso, dessa vez era recebido pela distração dos outros. Com os olhos pestanejando de curiosidade, no começo de sua miopia, ele se indagava por que uma vez conseguia mover a família, e outra vez não. Sua inteligência era julgada pela falta de disciplina alheia?

Mais tarde, quando substituiu a instabilidade dos outros pela própria, entrou por um estado de instabilidade consciente. Quando homem, manteve o hábito de pestanejar de repente ao próprio pensamento, ao mesmo tempo que franzia o nariz, o que deslocava os óculos – exprimindo com esse cacoete uma tentativa de substituir o julgamento alheio pelo próprio, numa tentativa de aprofundar a própria perplexidade. Mas era um menino com capacidade de estática: sempre fora capaz de manter a perplexidade como perplexidade, sem que ela se transformasse em outro sentimento.

Que a sua própria chave não estava com ele, a isso ainda menino habituou-se a saber, e dava piscadelas que, ao franzirem o nariz, deslocavam os óculos. E que a chave não estava com ninguém, isso ele foi aos poucos adivinhando sem nenhuma desilusão, sua tranquila miopia exigindo lentes cada vez mais fortes.

Por estranho que parecesse, foi exatamente por intermédio desse estado de permanente incerteza e por intermédio da prematura aceitação de que a chave não está com ninguém – foi através disso tudo que ele foi crescendo normalmente, e vivendo em serena curiosidade. Paciente e curioso. Um pouco nervoso, diziam, referindo-se ao tique dos óculos. Mas "nervoso" era o nome que a família estava dando à instabilidade de julgamento da própria família. Outro nome que a instabilidade dos adultos lhe dava era o de "bem-comportado", de "dócil". Dando assim um nome não ao que ele era, mas à necessidade variável dos momentos.

Uma vez ou outra, na sua extraordinária calma de óculos, acontecia dentro dele algo brilhante e um pouco convulsivo como uma inspiração.

Foi, por exemplo, quando lhe disseram que daí a uma semana ele iria passar um dia inteiro na casa de uma prima. Essa prima era casada, não tinha filhos e adorava crianças. "Dia inteiro" incluía almoço, merenda, jantar, e voltar quase adormecido para casa. E quanto à prima, a prima significava amor extra, com suas inesperadas vantagens e uma incalculável pressurosidade – e tudo isso daria margem a que pedidos extraordinários fossem atendidos. Na casa dela, tudo aquilo que ele era teria por um dia inteiro um valor garantido. Ali o amor, mais facilmente estável de apenas um dia, não daria oportunidade a instabilidades de julgamento: durante um dia inteiro, ele seria julgado o mesmo menino.

Na semana que precedeu "o dia inteiro", começou por tentar decidir se seria ou não natural com a prima. Procurava decidir se logo de entrada diria alguma coisa inteligente – o que resultaria que durante o dia inteiro ele seria julgado como inteligente. Ou se faria, logo de entrada, algo que ela julgasse "bem-comportado", o que faria com que durante o dia inteiro ele seria o bem-comportado. Ter a possibilidade de escolher o que seria, e pela primeira vez por um longo dia, fazia-o endireitar os óculos a cada instante.

Aos poucos, durante a semana precedente, o círculo de possibilidades foi se alargando. E, com a capacidade que tinha de suportar a confusão – ele era minucioso e calmo em relação à confusão – terminou descobrindo que até poderia arbitrariamente decidir ser por um dia inteiro um palhaço, por exemplo. Ou que poderia passar esse dia de um modo bem triste, se assim resolvesse. O que o tranquilizava era saber que a prima, com seu amor sem filhos e sobretudo com a falta de prática de lidar com crianças, aceitaria o modo que ele decidisse de como ela o julgaria. Outra coisa que o ajudava era saber que nada do que ele fosse durante aquele dia iria realmente alterá-lo. Pois prematuramente – tratava-se de criança precoce – era superior à instabilidade alheia e à própria instabilidade. De algum modo pairava acima da própria miopia e da dos outros. O que lhe dava muita liberdade. Às vezes apenas a liberdade de uma incredulidade tranquila. Mesmo quando se tornou homem, com lentes espessíssimas, nunca chegou a tomar consciência dessa espécie de superioridade que tinha sobre si mesmo.

A semana precedente à visita à prima foi de antecipação contínua. Às vezes seu estômago se apertava apreensivo: é que naquela casa sem meninos ele estaria totalmente à mercê do amor sem seleção de uma mulher. "Amor sem seleção" representava uma estabilidade ameaçadora: seria permanente, e na certa resultaria num único modo de julgar, e isso era a estabilidade. A estabilidade, já então, significava para ele um perigo: se os outros errassem no primeiro passo da estabilidade, o erro se tornaria permanente, sem a vantagem da instabilidade, que é a de uma correção possível.

Outra coisa que o preocupava de antemão era o que faria o dia inteiro na casa da prima, além de comer e ser amado. Bem, sempre haveria a solução de poder de vez em quando ir ao banheiro, o que faria o tempo passar mais depressa. Mas, com a prática de ser amado, já de antemão o constrangia que a prima, uma estranha para ele, encarasse com infinito carinho as suas idas ao banheiro. De um modo geral o mecanismo de sua vida se tornara motivo de ternura. Bem, era também verdade que, quanto a ir ao banheiro, a solução podia ser a de não ir nenhuma vez ao banheiro. Mas não só seria, durante um dia inteiro, irrealizável como – como ele não queria ser julgado "um menino que não vai ao banheiro" – isso também não apresentava vantagem. Sua prima, estabilizada pela permanente vontade de ter filhos, teria, na não ida ao banheiro, uma pista falsa de grande amor.

Durante a semana que precedeu "o dia inteiro", não é que ele sofresse com as próprias tergiversações. Pois o passo que muitos não chegam a dar ele já havia dado: aceitara a incerteza, e lidava com os componentes da incerteza com uma concentração de quem examina através das lentes de um microscópio.

À medida que, durante a semana, as inspirações ligeiramente convulsivas se sucediam, elas foram gradualmente mudando de nível. Abandonou o problema de decidir que elementos daria à prima para que ela por sua vez lhe desse temporariamente a certeza de "quem ele era". Abandonou essas cogitações e passou a previamente querer decidir sobre o cheiro da casa da prima, sobre o tamanho do pequeno quintal onde brincaria, sobre as gavetas que abriria enquanto ela não visse. E finalmente entrou no campo da prima propriamente dita. De que modo devia encarar o amor que a prima tinha por ele? No entanto, negligenciara um detalhe: a prima tinha um dente de ouro, do lado esquerdo.

E foi isso – ao finalmente entrar na casa da prima – foi isso que num só instante desequilibrou toda a construção antecipada.

O resto do dia poderia ter sido chamado de horrível, se o menino tivesse a tendência de pôr as coisas em termos de horrível ou não horrível. Ou poderia se chamar de "deslumbrante", se ele fosse daqueles que esperam que as coisas o sejam ou não.

Houve o dente de ouro, com o qual ele não havia contado. Mas, com a segurança que ele encontrava na ideia de uma imprevisibilidade permanente, tanto que até usava óculos, não se tornou inseguro pelo fato de encontrar logo de início algo com que não contara.

Em seguida a surpresa do amor da prima. É que o amor da prima não começou por ser evidente, ao contrário do que ele imaginara. Ela o recebera com uma naturalidade que inicialmente o insultara, mas logo depois não o insultara mais. Ela foi logo dizendo que ia arrumar a casa que ele podia ir brincando. O que deu ao menino, assim de chofre, um dia inteiro vazio e cheio de sol.

Lá pelas tantas, limpando os óculos, tentou, embora com certa isenção, o golpe da inteligência e fez uma observação sobre as plantas do quintal. Pois quando ele dizia alto uma observação, ele era julgado muito observador. Mas sua fria observação sobre as plantas recebeu em resposta um "pois é", entre vassouradas no chão. Então foi ao banheiro onde resolveu que, já que tudo falhara, ele iria brincar de "não ser julgado": por um dia inteiro ele não seria nada, simplesmente não seria. E abriu a porta num safanão de liberdade.

Mas à medida que o sol subia, a pressão delicada do amor da prima foi se fazendo sentir. E quando ele se deu conta, era um amado. Na hora do almoço, a comida foi puro amor errado e estável: sob os olhos ternos da prima, ele se adaptou com curiosidade ao gosto estranho daquela comida, talvez marca de azeite diferente, adaptou-se ao amor de uma mulher, amor novo que não parecia com o amor dos outros adultos: era um amor pedindo realização, pois faltava à prima a gravidez, que já é em si um amor materno realizado. Mas era um amor sem a prévia gravidez. Era um amor pedindo, *a posteriori*, a concepção. Enfim, o amor impossível.

O dia inteiro o amor exigindo um passado que redimisse o presente e o futuro. O dia inteiro, sem uma palavra, ela exigindo dele que ele tivesse nascido no ventre dela. A prima não queria nada dele, senão isso. Ela queria do menino de óculos que ela não fosse uma mulher sem filhos. Nesse dia, pois, ele conheceu uma das raras formas de estabilidade: a estabilidade do desejo irrealizável. A estabilidade do ideal inatingível. Pela primeira vez, ele, que era um ser votado à moderação, pela primeira vez sentiu-se atraído pelo imoderado: atração pelo extremo impossível. Numa palavra, pelo impossível. E pela primeira vez teve então amor pela paixão.

E foi como se a miopia passasse e ele visse claramente o mundo. O relance mais profundo e simples que teve da espécie de universo em que vivia e onde viveria. Não um relance de pensamento. Foi apenas como se ele tivesse tirado os óculos, e a miopia mesmo é que o fizesse enxergar. Talvez tenha sido a partir de então que pegou um hábito para o resto da vida: cada vez que a confusão aumentava e ele enxergava pouco, tirava os óculos sob o pretexto de limpá-los e, sem óculos, fitava o interlocutor com uma fixidez reverberada de cego.

A QUINTA HISTÓRIA

esta história poderia chamar-se "As Estátuas". Outro nome possível é "O Assassinato". E também "Como Matar Baratas". Farei então pelo menos três histórias, verdadeiras, porque nenhuma delas mente a outra. Embora uma única, seriam mil e uma, se mil e uma noites me dessem.

A primeira, "Como Matar Baratas", começa assim: queixei-me de baratas. Uma senhora ouviu-me a queixa. Deu-me a receita de como matá-las. Que misturasse em partes iguais açúcar, farinha e gesso. A farinha e o açúcar as atrairiam, o gesso esturricaria o de dentro delas. Assim fiz. Morreram.

A outra história é a primeira mesmo e chama-se "O Assassinato". Começa assim: queixei-me de baratas. Uma senhora ouviu-me. Segue-se a receita. E então entra o assassinato. A verdade é que só em abstrato me havia queixado de baratas, que nem minhas eram: pertenciam ao andar térreo e escalavam os canos do edifício até o nosso lar. Só na hora de preparar a mistura é que elas se tornaram minhas também. Em nosso nome, então, comecei a medir e pesar ingredientes numa concentração um pouco mais intensa. Um vago rancor me tomara, um senso de ultraje. De dia as baratas eram invisíveis e ninguém acreditaria no mal secreto que roía casa tão tranquila. Mas se elas, como os males secretos, dormiam de dia, ali estava eu a preparar-lhes o veneno da noite. Meticulosa, ardente, eu aviava o elixir da longa morte. Um medo excitado e meu próprio mal secreto me guiavam. Agora eu só queria gelidamente uma coisa: matar cada barata que existe. Baratas sobem pelos canos enquanto a gente, cansada, sonha. E eis que a receita estava pronta, tão branca. Como para baratas espertas como eu, espalhei habilmente o pó até que este mais parecia fazer parte da natureza. De minha cama, no silêncio do apartamento, eu as imaginava subindo uma a uma até a área de serviço onde o escuro dormia, só uma toalha alerta no varal. Acordei horas depois em sobressalto de atraso. Já era de madrugada. Atravessei a cozinha. No chão da área lá estavam elas, duras, grandes. Durante a noite eu matara. Em nosso nome, amanhecia. No morro um galo cantou.

A terceira história que ora se inicia é a das "Estátuas". Começa dizendo que eu me queixara de baratas. Depois vem a mesma senhora. Vai indo até o ponto em que, de madrugada, acordo e ainda sonolenta atravesso a cozinha. Mais sonolenta que eu está a área na sua perspectiva de ladrilhos. E na escuridão da aurora, um arroxeado que distancia tudo, distingo a meus pés sombras e brancuras: dezenas de estátuas se espalham rígidas. As baratas que haviam endurecido de dentro para fora. Algumas de barriga para cima. Outras no meio de um gesto que não se completaria jamais. Na boca de umas um pouco da comida branca. Sou a primeira testemunha do alvorecer em Pompeia. Sei como foi esta última noite, sei da orgia no escuro. Em algumas o gesso terá endurecido tão lentamente como num processo vital, e elas, com movimentos cada vez mais penosos, terão sofregamente intensificado as alegrias da noite, tentando fugir de dentro de si mesmas. Até que de pedra se tornam, em espanto de inocência, e com tal, tal olhar de censura magoada. Outras – subitamente assaltadas pelo próprio âmago, sem nem sequer ter tido a intuição de um molde interno que se petrificava! – essas de súbito se cristalizam, assim como a palavra é cortada da boca: eu te... Elas que, usando o nome de amor em vão, na noite de verão cantavam. Enquanto aquela ali, a de antena marrom suja de branco, terá adivinhado tarde demais que se mumificara exatamente por não ter sabido usar as coisas com a graça gratuita do em vão: "é que olhei demais para dentro de mim! é que olhei demais para dentro de..." – de minha fria altura de gente olho a derrocada de um mundo. Amanhece. Uma ou outra antena de barata morta freme seca à brisa. Da história anterior canta o galo.

A quarta narrativa inaugura nova era no lar. Começa como se sabe: queixei-me de baratas. Vai até o momento em que vejo os monumentos de gesso. Mortas, sim. Mas olho para os canos, por onde esta mesma noite renovar-se-á uma população lenta e viva em fila indiana. Eu iria então renovar todas as noites o açúcar letal? como quem já não dorme sem a avidez de um rito. E todas as madrugadas me conduziria sonâmbula até o pavilhão? no vício de ir ao encontro das estátuas que minha noite suada erguia. Estremeci de mau prazer à visão daquela vida dupla de feiticeira. E estremeci também ao aviso do gesso que seca: o vício de viver que rebentaria meu molde interno. Áspero instante de escolha entre dois caminhos que, pensava eu, se dizem adeus, e certa de que qualquer escolha seria a do sacrifício: eu ou minha alma. Escolhi. E hoje ostento secretamente no coração uma placa de virtude: "Esta casa foi dedetizada."

A quinta história chama-se "Leibnitz e a Transcendência do Amor na Polinésia". Começa assim: queixei-me de baratas.

UMA AMIZADE SINCERA

Não é que fôssemos amigos de longa data. Conhecemo-nos apenas no último ano da escola. Desde esse momento estávamos juntos a qualquer hora. Há tanto tempo precisávamos de um amigo que nada havia que não confiássemos um ao outro. Chegamos a um ponto de amizade que não podíamos mais guardar um pensamento: um telefonava logo ao outro, marcando encontro imediato. Depois da conversa, sentíamo-nos tão contentes como se nos tivéssemos presenteado a nós mesmos. Esse estado de comunicação contínua chegou a tal exaltação que, no dia em que nada tínhamos a nos confiar, procurávamos com alguma aflição um assunto. Só que o assunto havia de ser grave, pois em qualquer um não caberia a veemência de uma sinceridade pela primeira vez experimentada.

Já nesse tempo apareceram os primeiros sinais de perturbação entre nós. Às vezes um telefonava, encontrávamo-nos, e nada tínhamos a nos dizer. Éramos muito jovens e não sabíamos ficar calados. De início, quando começou a faltar assunto, tentamos comentar as pessoas. Mas bem sabíamos que já estávamos adulterando o núcleo da amizade. Tentar falar sobre nossas mútuas namoradas também estava fora de cogitação, pois um homem não falava de seus amores. Experimentamos ficar calados – mas tornávamo-nos inquietos logo depois de nos separarmos.

Minha solidão, na volta de tais encontros, era grande e árida. Cheguei a ler livros apenas para poder falar deles. Mas uma amizade sincera queria a sinceridade mais pura. À procura desta, eu começava a me sentir vazio. Nossos encontros eram cada vez mais decepcionantes. Minha sincera pobreza revelava-se aos poucos. Também ele, eu sabia, chegara ao impasse de si mesmo.

Foi quando, tendo minha família se mudado para São Paulo, e ele morando sozinho, pois sua família era do Piauí, foi quando o convidei a morar em nosso apartamento, que ficara sob a minha guarda. Que rebuliço de alma. Radiantes, arrumávamos nossos livros e discos, preparávamos um ambiente perfeito para a amizade. Depois de tudo pronto – eis-nos dentro de casa, de braços abanando, mudos, cheios apenas de amizade.

Queríamos tanto salvar o outro. Amizade é matéria de salvação.

Mas todos os problemas já tinham sido tocados, todas as possibilidades estudadas. Tínhamos apenas essa coisa que havíamos procurado sedentos até então e enfim encontrado: uma amizade sincera. Único modo, sabíamos, e com que amargor sabíamos, de sair da solidão que um espírito tem no corpo.

Mas como se nos revelava sintética a amizade. Como se quiséssemos espalhar em longo discurso um truísmo que uma palavra esgotaria. Nossa amizade era tão insolúvel como a soma de dois números: inútil querer desenvolver para mais de um momento a certeza de que dois e três são cinco.

Tentamos organizar algumas farras no apartamento, mas não só os vizinhos reclamaram como não adiantou. Se ao menos pudéssemos prestar favores um ao outro. Mas nem havia oportunidade, nem acreditávamos em provas de uma amizade que delas não precisava. O mais que podíamos fazer era o que fazíamos: saber que éramos amigos. O que não bastava para encher os dias, sobretudo as longas férias.

Data dessas férias o começo da verdadeira aflição.

Ele, a quem eu nada podia dar senão minha sinceridade, ele passou a ser uma acusação de minha pobreza. Além do mais, a solidão de um ao lado do outro, ouvindo música ou lendo, era muito maior do que quando estávamos sozinhos. E, mais que maior, incômoda. Não havia paz. Indo depois cada um para seu quarto, com alívio nem nos olhávamos.

É verdade que houve uma pausa no curso das coisas, uma trégua que nos deu mais esperanças do que em realidade caberia. Foi quando meu amigo teve uma pequena questão com a Prefeitura. Não é que fosse grave, mas nós a tornamos para melhor usá-la. Porque então já tínhamos caído na facilidade de prestar favores. Andei entusiasmado pelos escritórios dos conhecidos de minha família, arranjando pistolões para meu amigo. E quando começou a fase de selar papéis, corri por toda a cidade – posso dizer em consciência que não houve firma que se reconhecesse sem ser através de minha mão.

Nessa época encontrávamo-nos de noite em casa, exaustos e animados: contávamos as façanhas do dia, planejávamos os ataques seguintes. Não aprofundávamos muito o que estava sucedendo, bastava que tudo isso tivesse o cunho da amizade. Pensei compreender por que os noivos se presenteiam, por que o marido faz questão de dar conforto à esposa, e esta prepara-lhe afanada o alimento, por que a mãe exagera nos cuidados ao filho. Foi, aliás, nesse período que, com algum sacrifício, dei um pequeno broche de ouro àquela que é hoje minha mulher. Só muito depois eu ia compreender que estar também é dar.

Encerrada a questão com a Prefeitura – seja dito, de passagem, com vitória nossa – continuamos um ao lado do outro, sem encontrar aquela palavra que cederia a alma. Cederia a alma? mas afinal de contas quem queria ceder a alma? Ora essa.

Afinal o que queríamos? Nada. Estávamos fatigados, desiludidos.

A pretexto de férias com minha família, separamo-nos. Aliás ele também ia ao Piauí. Um aperto de mão comovido foi o nosso adeus no aeroporto. Sabíamos que não nos veríamos mais, senão por acaso. Mais que isso: que não queríamos nos rever. E sabíamos também que éramos amigos. Amigos sinceros.

OS OBEDIENTES

trata-se de uma situação simples, um fato a contar e esquecer.

Mas se alguém comete a imprudência de parar um instante a mais do que deveria, um pé afunda dentro e fica-se comprometido. Desde esse instante em que também nós nos arriscamos, já não se trata mais de um fato a contar, começam a faltar as palavras que não o trairiam. A essa altura, afundados demais, o fato deixou de ser um fato para se tornar apenas a sua difusa repercussão. Que, se for retardada demais, vem um dia explodir como nesta tarde de domingo, quando há semanas não chove e quando, como hoje, a beleza ressecada persiste embora em beleza. Diante da qual assumo uma gravidade como diante de um túmulo. A essa altura, por onde anda o fato inicial? ele se tornou esta tarde. Sem saber como lidar com ela, hesito em ser agressiva ou recolher-me um pouco ferida. O fato inicial está suspenso na poeira ensolarada deste domingo – até que me chamam ao telefone e num salto vou lamber grata a mão de quem me ama e me liberta.

Cronologicamente a situação era a seguinte: um homem e uma mulher estavam casados.

Já em constatar este fato, meu pé afundou dentro. Fui obrigada a pensar em alguma coisa. Mesmo que eu nada mais dissesse, e encerrasse a história com esta constatação, já me teria comprometido com os meus mais desconhecíveis pensamentos. Já seria como se eu tivesse visto, risco negro sobre fundo branco, um homem e uma mulher. E nesse fundo branco meus olhos se fixariam já tendo bastante o que ver, pois toda palavra tem a sua sombra.

Esse homem e essa mulher começaram – sem nenhum objetivo de ir longe demais, e não se sabe levados por que necessidade que pessoas têm – começaram a tentar viver mais intensamente. À procura do destino que nos precede? e ao qual o instinto quer nos levar? instinto?!

A tentativa de viver mais intensamente levou-os, por sua vez, numa espécie de constante verificação de receita e despesa, a tentar pesar o que era e o que não era importante. Isso eles o faziam a modo deles: com falta de jeito e de experiência, com modéstia. Eles tateavam. Num vício por ambos descoberto tarde demais na vida, cada qual pelo seu lado tentava continuamente distinguir o que era do que não era essencial, isto é, eles nunca usariam a palavra *essencial*, que não pertencia a seu ambiente. Mas de nada adiantava o vago esforço quase constrangido que faziam: a trama lhes escapava diariamente. Só, por exemplo, olhando para o dia passado é que tinham a impressão de ter – de algum modo e por assim dizer à revelia deles, e por isso sem mérito – a impressão de ter vivido. Mas então era de noite, eles calçavam os chinelos e era de noite.

Isso tudo não chegava a formar uma situação para o casal. Quer dizer, algo que cada um pudesse contar mesmo a si próprio na hora em que cada um se virava na cama para um lado e, por um segundo antes de dormir, ficava de olhos abertos. E pessoas precisam tanto poder contar a história delas mesmas. Eles não tinham o que contar. Com um suspiro de conforto, fechavam os olhos e dormiam agitados. E quando faziam o balanço de suas vidas, nem ao menos podiam nele incluir essa tentativa de viver mais intensamente, e descontá-la, como em imposto de renda. Balanço que pouco a pouco começavam a fazer com maior frequência, mesmo sem o equipamento técnico de uma terminologia adequada a pensamentos. Se se tratava de uma situação, não chegava a ser uma situação de que viver ostensivamente.

Mas não era apenas assim que sucedia. Na verdade também estavam calmos porque "não conduzir", "não inventar", "não errar" lhes era, muito mais que um hábito, um ponto de honra assumido tacitamente. Eles nunca se lembrariam de desobedecer.

Tinham a compenetração briosa que lhes viera da consciência nobre de serem duas pessoas entre milhões iguais. "Ser um igual" fora o papel que lhes coubera, e a tarefa a eles entregue. Os dois, condecorados, graves, correspondiam grata e civicamente à confiança que os iguais haviam depositado neles. Pertenciam a uma casta. O papel que cumpriam, com certa emoção e com dignidade, era o de pessoas anônimas, o de filhos de Deus, como num clube de pessoas.

Talvez apenas devido à passagem insistente do tempo tudo isso começara, porém, a se tornar diário, diário, diário. Às vezes arfante. (Tanto o homem como a mulher já tinham iniciado a idade crítica.) Eles abriam as janelas e diziam que fazia muito calor. Sem que vivessem propriamente no tédio, era como se nunca lhes mandassem notícias. O tédio, aliás, fazia parte de uma vida de sentimentos honestos.

Mas, enfim, como isso tudo não lhes era compreensível, e achava-se muitos e muitos pontos acima deles, e se fosse expresso em palavras eles não o reconheceriam – tudo isso, reunido e considerado já como passado, assemelhava-se à vida irremediável. À qual eles se submetiam com um silêncio de multidão e com o ar um pouco magoado que têm os homens de boa vontade. Assemelhava-se à vida irremediável para a qual Deus nos quis. Vida irremediável, mas não concreta. Na verdade era uma vida de sonho. Às vezes, quando falavam de alguém excêntrico, diziam com a benevolência que uma classe tem por outra: "Ah, esse leva uma vida de poeta." Pode-se talvez dizer, aproveitando as poucas palavras que se conheceram do casal, pode-se dizer que ambos levavam, menos a extravagância, uma vida de mau poeta: vida de sonho.

Não, não é verdade. Não era uma vida de sonho, pois este jamais os orientara. Mas de irrealidade. Embora houvesse momentos em que de repente, por um motivo ou por outro, eles afundassem na realidade. E então lhes parecia ter tocado num fundo de onde ninguém pode passar.

Como, por exemplo, quando o marido voltava para casa mais cedo do que de hábito e a esposa ainda não havia regressado de alguma compra ou visita. Para o marido interrompia-se então uma corrente. Ele se sentava cuidadoso para ler o jornal, dentro de um silêncio tão calado que mesmo uma pessoa morta ao lado quebraria. Ele fingindo com severa honestidade uma atenção minuciosa ao jornal, os ouvidos atentos. Nesse momento é que o marido tocava no fundo com pés surpreendidos. Não poderia permanecer muito tempo assim, sem risco de afogar-se, pois tocar no fundo também significa ter a água acima da cabeça. Eram assim os seus momentos concretos. O que fazia com que ele, lógico e sensato, se safasse depressa. Safava-se depressa, embora curiosamente a contragosto, pois a ausência da esposa era uma tal promessa de prazer perigoso que ele experimentava o que seria a desobediência. Safava-se a contragosto mas sem discutir, obedecendo ao que dele esperavam. Não era um desertor que traísse a confiança dos outros. Além do mais, se esta é que era a realidade, não havia como viver nela ou dela.

A esposa, esta tocava na realidade com mais frequência, pois tinha mais lazer e menos ao que chamar de fatos, assim como colegas de trabalho, ônibus cheio, palavras administrativas. Sentava-se para emendar roupa, e pouco a pouco vinha vindo a realidade. Era intolerável enquanto durava a sensação de estar sentada a emendar roupa. O modo súbito do ponto cair no i, essa maneira de caber inteiramente no que existia e de tudo ficar tão nitidamente aquilo mesmo – era intolerável. Mas, quando passava, era como se a esposa tivesse bebido de um futuro possível. Aos poucos o futuro dessa mulher passou a se tornar algo que ela trazia para o presente, alguma coisa meditativa e secreta.

Era surpreendente como os dois não eram tocados, por exemplo, pela política, pela mudança de governo, pela evolução de um modo geral, embora também falassem às vezes a respeito, como todo o mundo. Na verdade eram pessoas tão reservadas que se surpreenderiam, lisonjeadas, se alguma vez lhes dissessem que eram reservadas. Nunca lhes ocorreria que se chamava assim. Talvez entendessem mais se lhes dissessem: "vocês simbolizam a nossa reserva militar". Deles alguns conhecidos disseram, depois que tudo sucedeu: eram boa gente. E nada mais havia a dizer, pois que o eram.

Nada mais havia a dizer. Faltava-lhes o peso de um erro grave, que tantas vezes é o que abre por acaso uma porta. Alguma vez eles tinham levado muito a sério alguma coisa. Eles eram obedientes.

Também não apenas por submissão: como num soneto, era obediência por amor à simetria. A simetria lhes era a arte possível.

Como foi que cada um deles chegou à conclusão de que, sozinho, sem o outro, viveria mais – seria caminho longo para se reconstruir, e de inútil trabalho, pois de vários cantos muitos já chegaram ao mesmo ponto.

A esposa, sob a fantasia contínua, não só chegou temerariamente a essa conclusão como esta transformou sua vida em mais alargada e perplexa, em mais rica, e até supersticiosa. Cada coisa parecia o sinal de outra coisa, tudo era simbólico, e mesmo um pouco espírita dentro do que o catolicismo permitiria. Não só ela passou temerariamente a isso como – provocada exclusivamente pelo fato de ser mulher – passou a pensar que um outro homem a salvaria. O que não chegava a ser um absurdo. Ela sabia que não era. Ter meia razão a confundia, mergulhava-a em meditação.

O marido, influenciado pelo ambiente de masculinidade aflita em que vivia, e pela sua própria, que era tímida mas efetiva, começou a pensar que muitas aventuras amorosas seriam a vida.

Sonhadores, eles passaram a sofrer sonhadores, era heroico suportar. Calados quanto ao entrevisto por cada um, discordando quanto à hora mais conveniente de jantar, um servindo de sacrifício para o outro, amor é sacrifício.

Assim chegamos ao dia em que, há muito tragada pelo sonho, a mulher, tendo dado uma mordida numa maçã, sentiu quebrar-se um dente da frente. Com a maçã ainda na mão e olhando-se perto demais no espelho do banheiro – e deste modo perdendo de todo a perspectiva – viu uma cara pálida, de meia-idade, com um dente quebrado, e os próprios olhos... Tocando o fundo, e com a água já pelo pescoço, com cinquenta e tantos anos, sem um bilhete, em vez de ir ao dentista, jogou-se pela janela do apartamento, pessoa pela qual tanta gratidão se poderia sentir, reserva militar e sustentáculo de nossa desobediência.

Quanto a ele, uma vez seco o leito do rio e sem nenhuma água que o afogasse, ele andava sobre o fundo sem olhar para o chão, expedito como se usasse bengala. Seco inesperadamente o leito do rio, andava perplexo e sem perigo sobre o fundo com uma lepidez de quem vai cair de bruços mais adiante.

A LEGIÃO ESTRANGEIRA

Se me perguntassem sobre Ofélia e seus pais, teria respondido com o decoro da honestidade: mal os conheci. Diante do mesmo júri ao qual responderia: mal me conheço – e para cada cara de jurado diria com o mesmo límpido olhar de quem se hipnotizou para a obediência: mal vos conheço. Mas às vezes acordo do longo sono e volto-me com docilidade para o delicado abismo da desordem.

Estou tentando falar sobre aquela família que sumiu há anos sem deixar traços em mim, e de quem me ficara apenas uma imagem esverdeada pela distância. Meu inesperado consentimento em saber foi hoje provocado pelo fato de ter aparecido em casa um pinto. Veio trazido por mão que queria ter o gosto de me dar coisa nascida. Ao desengradarmos o pinto, sua graça pegou-nos em flagrante. Amanhã é Natal, mas o momento de silêncio que espero o ano inteiro veio um dia antes de Cristo nascer. Coisa piando por si própria desperta a suavíssima curiosidade que junto de uma manjedoura é adoração. Ora, disse meu marido, e essa agora. Sentira-se grande demais. Sujos, de boca aberta, os meninos se aproximaram. Eu, um pouco ousada, fiquei feliz. O pinto, esse piava. Mas Natal é amanhã, disse acanhado o menino mais velho. Sorríamos desamparados, curiosos.

Mas sentimentos são água de um instante. Em breve – como a mesma água já é outra quando o sol a deixa muito leve, e já outra quando se enerva tentando morder uma pedra, e outra ainda no pé que mergulha – em breve já não tínhamos no rosto apenas aura e iluminação. Em torno do pinto aflito, estávamos bons e ansiosos. A meu marido, a bondade deixa ríspido e severo, ao que já nos habituamos; ele se crucifica um pouco. Nos meninos, que são mais graves, a bondade é um ardor. A mim, a bondade me intimida. Daí a pouco a mesma água era outra, e olhávamos contrafeitos, enredados na falta de habilidade de sermos bons. E, a água já outra, pouco a pouco tínhamos no rosto a responsabilidade de uma aspiração, o coração pesado de um amor que já não era mais livre. Também nos desajeitava o medo que o pinto tinha de nós; ali estávamos, e nenhum merecia comparecer a um pinto; a cada piar, ele nos espargia para fora. A cada piar, reduzia-nos a não fazer nada. A constância de seu pavor acusava-nos de uma alegria leviana que a essa hora nem alegria mais era, era amolação. Passara o instante do pinto, e ele, cada vez mais urgente, expulsava-nos sem nos largar. Nós, os adultos, já teríamos encerrado o sentimento. Mas nos meninos havia uma indignação silenciosa, e a acusação deles é que nada fazíamos pelo pinto ou pela humanidade. A nós, pai e mãe, o piar cada vez mais ininterrupto já nos levara a uma resignação constrangida: as coisas são assim mesmo. Só que nunca tínhamos contado isso aos meninos, tínhamos vergonha; e adiávamos indefinidamente o momento de chamá-los e falar claro que as coisas são assim. Cada vez ficava mais difícil, o silêncio crescia, e eles empurravam um pouco o afã com que queríamos lhes dar, em troca, amor. Se nunca havíamos conversado sobre as coisas, muito mais tivemos naquele instante que esconder deles o sorriso que terminou nos vindo com o piar desesperado daquele bico, um sorriso como se a nós coubesse abençoar o fato de as coisas serem assim mesmo, e tivéssemos acabado de abençoá-las.

O pinto, esse piava. Sobre a mesa envernizada ele não ousava um passo, um movimento, ele piava para dentro. Eu não sabia sequer onde cabia tanto terror numa coisa que era só penas. Penas encobrindo o quê? meia dúzia de ossos que se haviam reunido fracos para o quê? para o piar de um terror. Em silêncio, em respeito à impossibilidade de nos compreendermos, em respeito à revolta dos meninos contra nós, em silêncio olhávamos sem muita paciência. Era impossível dar-lhe a palavra asseguradora que o fizesse não ter medo, consolar coisa que por ter nascido se espanta. Como prometer-lhe o hábito? Pai e mãe, sabíamos quão breve seria a vida do pinto. Também este sabia, do modo como as coisas vivas sabem: através do susto profundo.

E enquanto isso, o pinto cheio de graça, coisa breve e amarela. Eu queria que também ele sentisse a graça de sua vida, assim como já pediram de nós, ele que era a alegria dos outros, não a própria. Que sentisse que era gratuito, nem sequer necessário – um dos pintos tem que ser inútil – só nascera para a glória de Deus, então fosse a alegria dos homens. Mas era amar o nosso amor querer que o pinto fosse feliz somente porque o amávamos. Eu sabia também que só mãe resolve o nascimento, e o nosso era amor de quem se compraz em amar: eu me revolvia na graça de me ser dado amar, sinos, sinos repicavam porque sei adorar. Mas o pinto tremia, coisa de terror, não de beleza.

O menino menor não suportou mais:

– Você quer ser a mãe dele?

Eu disse que sim, em sobressalto. Eu era a enviada junto àquela coisa que não compreendia a minha única linguagem: eu estava amando sem ser amada. A missão era falível, e os olhos de quatro meninos aguardavam com a intransigência da esperança o meu primeiro gesto de amor eficaz. Recuei um pouco, sorrindo toda solitária, olhei para minha família, queria que eles sorrissem. Um homem e quatro meninos me fitavam, incrédulos e confiantes. Eu era a mulher da casa, o celeiro. Por que a impassibilidade dos cinco, não entendi. Quantas vezes teria eu falhado para que, na minha hora de timidez, eles me olhassem. Tentei isolar-me do desafio dos cinco homens para também eu esperar de mim e lembrar-me de como é o amor. Abri a boca, ia dizer-lhes a verdade: não sei como.

Mas se me viesse de noite uma mulher. Se ela segurasse no colo o filho. E dissesse: cure meu filho. Eu diria: como é que se faz? Ela responderia: cure meu filho. Eu diria: também não sei. Ela responderia: cure meu filho. Então – então porque não sei fazer nada e porque não me lembro de nada e porque é de noite – então estendo a mão e salvo uma criança. Porque é de noite, porque estou sozinha na noite de outra pessoa, porque este silêncio é muito grande para mim, porque tenho duas mãos para sacrificar a melhor delas e porque não tenho escolha.

Então estendi a mão e peguei o pinto.

Foi nesse instante que revi Ofélia. E nesse instante lembrei-me de que fora a testemunha de uma menina.

Mais tarde lembrei-me de como a vizinha, mãe de Ofélia, era trigueira como uma hindu. Tinha olheiras arroxeadas que a embelezavam muito e davam-lhe um ar fatigado que fazia os homens a olharem uma segunda vez. Um dia, no banco da praça, enquanto as crianças brincavam, ela me dissera com aquela sua cabeça obstinada de quem olha para o deserto: "Sempre quis tirar um curso de enfeitar bolos."

Lembrei-me de que o marido – trigueiro também, como se se tivessem escolhido pela secura da cor – queria subir na vida através de seu ramo de negócios: gerência de hotéis ou dono mesmo, nunca entendi bem. O que lhe dava uma dura polidez. Quando éramos forçados no elevador a contato mais prolongado, ele aceitava a troca de palavras num tom de arrogância que trazia de lutas maiores. Até chegarmos ao décimo andar, a humildade a que sua frieza me forçara já o amansara um pouco; talvez chegasse em casa mais bem servido. Quanto à mãe de Ofélia, ela temia que à força de morarmos no mesmo andar houvesse intimidade e, sem saber que também eu me resguardava, evitava-me. A única intimidade fora a do banco do jardim, onde, com olheiras e boca fina, falara sobre enfeitar bolos. Eu não soubera o que retrucar e terminara dizendo, para que soubesse que eu gostava dela, que o curso dos bolos me agradaria. Esse único momento mútuo afastara-nos ainda mais, por receio de um abuso de compreensão. A mãe de Ofélia chegara mesmo a ser grosseira no elevador: no dia seguinte eu estava com um dos meninos pela mão, o elevador descia devagar, e eu, opressa pelo silêncio que, à outra, fortificava – dissera num tom de agrado que no mesmo instante também a mim repugnara:

– Estamos indo para a casa da avó dele.

E ela, para meu espanto:

– Não perguntei nada, nunca me meto na vida dos vizinhos.

– Ora, disse eu baixo.

O que, ali mesmo no elevador, me fizera pensar que eu estava pagando por ter sido sua confidente de um minuto no banco do jardim. O que, por sua vez, me fizera pensar que ela talvez julgasse me ter confiado mais do que na realidade confiara. O que, por sua vez, me fizera pensar se na verdade ela não me dissera mais do que nós duas percebêramos.

Enquanto o elevador continuava a descer e parar, eu reconstituíra seu ar insistente e sonhador no banco do jardim – e olhara com olhos novos para a beleza altaneira da mãe de Ofélia. "Não contarei a ninguém que você quer enfeitar bolos", pensei olhando-a rapidamente.

O pai agressivo, a mãe se guardando. Família soberba. Tratavam-me como se eu já morasse no futuro hotel deles e ofendesse-os com o pagamento que exigiam. Sobretudo tratavam-me como se nem eu acreditasse, nem eles pudessem provar quem eles eram. E quem eram eles? indagava-me às vezes. Por que a bofetada que estava impressa no rosto deles, por que a dinastia exilada? E tanto não me perdoavam que eu agia não perdoada: se os encontrava na rua, fora do setor que me era circunscrito, sobressaltava-me, surpreendida em delito: recuava para eles passarem, dava-lhes a vez – os três trigueiros e bem-vestidos passavam como se fossem à missa, aquela família que vivia sob o signo de um orgulho ou de um martírio oculto, arroxeados como flores da Paixão. Família antiga, aquela.

Mas o contato se fez através da filha. Era uma menina belíssima, com longos cachos duros, Ofélia, com olheiras iguais às da mãe, as mesmas gengivas um pouco roxas, a mesma boca fina de quem se cortou. Mas essa, a boca, falava. Deu para aparecer em casa. Tocava a campainha, eu abria a portinhola, não via nada, ouvia uma voz decidida:

– Sou eu, Ofélia Maria dos Santos Aguiar.

Desanimada, eu abria a porta. Ofélia entrava. A visita era para mim, meus dois meninos daquele tempo eram pequenos demais para sua sabedoria pausada. Eu era grande e ocupada, mas era para mim a visita: com uma atenção toda interior, como se para tudo houvesse um tempo, levantava com cuidado a saia de babados, sentava-se, ajeitava os babados – e só então me olhava. Eu, que então copiava o arquivo do escritório, eu trabalhava e ouvia. Ofélia, ela dava-me conselhos. Tinha opinião formada a respeito de tudo. Tudo o que eu fazia era um pouco errado, na sua opinião. Dizia "na minha opinião" em tom ressentido, como se eu lhe devesse ter pedido conselhos e, já que eu não pedia, ela dava. Com seus oito anos altivos e bem vividos, dizia que na sua opinião eu não criava bem os meninos; pois meninos quando se dá a mão querem subir na cabeça. Banana não se mistura com leite. Mata. Mas é claro a senhora faz o que quiser; cada um sabe de si. Não era mais hora de estar de robe; sua mãe mudava de roupa logo que saía da cama, mas cada um termina levando a vida que quer. Se eu explicava que era porque ainda não tomara banho, Ofélia ficava quieta, olhando-me atenta. Com alguma suavidade, então, com alguma paciência, acrescentava que não era hora de ainda não ter tomado banho. Nunca era minha a última palavra. Que última palavra poderia eu dar quando ela me dizia: empada de legume não tem tampa. Uma tarde numa padaria vi-me inesperadamente diante da verdade inútil: lá estava sem tampa uma fila de empadas de legumes. "Mas eu lhe avisei", ouvi-a como se ela estivesse presente. Com seus cachos e babados, com sua delicadeza firme, era uma visitação na sala ainda desarrumada. O que valia é que dizia muita tolice também, o que, no meu desalento, me fazia sorrir desesperada.

A pior parte da visitação era a do silêncio. Eu erguia os olhos da máquina, e não saberia há quanto tempo Ofélia me olhava em silêncio. O que em mim pode atrair essa menina? exasperava-me eu. Uma vez, depois de seu longo silêncio, dissera-me tranquila: a senhora é esquisita. E eu, atingida em cheio no rosto sem cobertura – logo no rosto que sendo o nosso avesso é coisa tão sensível – eu, atingida em cheio, pensara com raiva: pois vai ver que é esse esquisito mesmo que você procura. Ela que estava toda coberta, e tinha mãe coberta, e pai coberto.

Eu ainda preferia, pois, conselho e crítica. Já menos tolerável era o seu hábito de usar a palavra *portanto* com que ligava as frases numa concatenação que não falhava. Dissera-me que eu comprara legumes demais na feira – portanto – não iam caber na geladeira pequena e – portanto – murchariam antes da próxima feira. Dias depois eu olhava os legumes murchos. Portanto, sim. Outra vez vira menos legumes espalhados pela mesa da cozinha, eu que disfarçadamente obedecera. Ofélia olhara, olhara. Parecia prestes a não dizer nada. Eu esperava de pé, agressiva, muda. Ofélia dissera sem nenhuma ênfase:

– É pouco até a feira que vem.

Os legumes acabaram pelo meio da semana. Como é que ela sabe? perguntava-me eu curiosa. "Portanto" seria a resposta talvez. Por que eu nunca, nunca sabia? Por que sabia ela de tudo, por que era a terra tão familiar a ela, e eu sem cobertura? Portanto? Portanto.

Uma vez Ofélia errou. Geografia – disse sentada defronte a mim com os dedos cruzados no colo – é um modo de estudar. Não chegava a ser erro, era mais um leve estrabismo de pensamento – mas para mim teve a graça de uma queda, e antes que o instante passasse, eu por dentro lhe disse: é assim mesmo que se faz, isso! vá devagar assim, e um dia vai ser mais fácil ou mais difícil para você, mas é assim, vá errando, bem, bem devagar.

Uma manhã, no meio de sua conversa, avisou-me autoritária: "Vou em casa ver uma coisa mas volto logo." Arrisquei: "Se você está muito ocupada, não precisa voltar." Ofélia olhou-me muda, inquisitiva. "Existe uma menina muito antipática", pensei bem claro para que ela visse a frase toda exposta no meu rosto. Ela sustentou o olhar. O olhar onde – com surpresa e desolação – vi fidelidade, paciente confiança em mim e o silêncio de quem nunca falou. Quando é que eu lhe jogara um osso para que ela me seguisse muda pelo resto da vida? Desviei os olhos. Ela suspirou tranquila. E disse com maior decisão ainda: "Volto logo." Que é que ela quer? – agitei-me – por que atraio pessoas que nem sequer gostam de mim?

Uma vez, quando Ofélia estava sentada, tocaram a campainha. Fui abrir e deparei com a mãe de Ofélia. Vinha protetora, exigente:

– Por acaso Ofélia Maria está aí?

– Está, escusei-me como se a tivesse raptado.

– Não faça mais isso, disse ela para Ofélia num tom que me era dirigido; depois voltou-se para mim e, subitamente ofendida: – Desculpe o incômodo.

– Nem pense nisso, essa menina é tão inteligente.

A mãe olhou-me em leve surpresa – mas a suspeita passou-lhe pelos olhos. E neles eu li: que é que você quer dela?

– Já proibi Ofélia Maria de incomodar a senhora, disse agora em desconfiança aberta. E segurando firme a mão da menina para levá-la, parecia defendê-la contra mim. Com uma sensação de decadência, espiei pela portinhola entreaberta sem ruídos: lá iam as duas pelo corredor que levava ao apartamento delas, a mãe abrigando a filha com murmúrios de repreensão amorosa, a filha impassível a fremir cachos e babados. Ao fechar a portinhola percebi que ainda não mudara de roupa e, portanto, assim fora vista pela mãe que mudava de roupa ao sair da cama. Pensei com alguma desenvoltura: bem, agora a mãe me despreza, portanto estou livre de a menina voltar.

Mas voltava, sim. Eu era atraente demais para aquela criança. Tinha defeitos bastantes para seus conselhos, era terreno para o desenvolvimento de sua severidade, já me tornara o domínio daquela minha escrava: ela voltava, sim, levantava os babados, sentava-se.

Por essa ocasião, sendo perto da Páscoa, a feira estava cheia de pintos, e eu trouxe um para os meninos. Brincamos, depois ele ficou pela cozinha, os meninos pela rua. Mais tarde Ofélia aparecia para a visita. Eu batia à máquina, de vez em quando aquiescia distraída. A voz igual da menina, voz de quem fala de cor, me entontecia um pouco, entrava por entre as palavras escritas; ela dizia, ela dizia.

Foi quando me pareceu que de repente tudo parara. Sentindo falta do suplício, olhei-a enevoada. Ofélia Maria estava de cabeça a prumo, com os cachos inteiramente imobilizados.

– Que é isso, disse.

– Isso o quê?

– Isso! disse inflexível.

– Isso?

Ficaríamos indefinidamente numa roda de "isso?" e "isso!", não fosse a força excepcional daquela criança, que, sem uma palavra, apenas com a extrema autoridade do olhar, me obrigasse a ouvir o que ela própria ouvia. No silêncio da atenção a que ela me forçara, ouvi finalmente o fraco piar do pinto na cozinha.

– É o pinto.

– Pinto? disse desconfiadíssima.

– Comprei um pinto, respondi resignada.

– Pinto! repetiu como se eu a tivesse insultado.

– Pinto.

E nisso ficaríamos. Não fosse certa coisa que vi e que antes nunca vira.

O que era? Mas, o que fosse, não estava mais ali. Um pinto faiscara um segundo em seus olhos e neles submergira para nunca ter existido. E a sombra se fizera. Uma sombra profunda cobrindo a terra. Do instante em que involuntariamente sua boca estremecendo quase pensara "eu também quero", desse instante a escuridão se adensara no fundo dos olhos num desejo retrátil que, se tocassem, mais se fecharia como folha de dormideira. E que recuava diante do impossível, o impossível que se aproximara e, em tentação, fora quase dela: o escuro dos olhos vacilou como um ouro. Uma astúcia passou-lhe então pelo rosto – se eu não estivesse ali, por astúcia, ela roubaria qualquer coisa. Nos olhos que pestanejaram à dissimulada sagacidade, nos olhos a grande tendência à rapina. Olhou-me rápida, e era a inveja, você tem tudo, e a censura, porque não somos a mesma e eu terei um pinto, e a cobiça – ela me queria para ela. Devagar fui me reclinando no espaldar da cadeira, sua inveja que desnudava minha pobreza, e deixava minha pobreza pensativa; não estivesse eu ali, e ela roubava minha pobreza também; ela queria tudo. Depois que o tremor da cobiça passou, o escuro dos olhos sofreu todo: não era somente a um rosto sem cobertura que eu a expunha, agora eu a expusera ao melhor do mundo: a um pinto. Sem me verem, seus olhos quentes me fitavam numa abstração intensa que se punha em íntimo contato com minha intimidade. Alguma coisa acontecia que eu não conseguia entender a olho nu. E de novo o desejo voltou. Dessa vez os olhos se angustiaram como se nada pudessem fazer com o resto do corpo que se desprendia independente. E mais se alargavam, espantados com o esforço físico da decomposição que dentro dela se fazia. A boca delicada ficou um pouco infantil, de um roxo pisado. Olhou para o teto – as olheiras davam-lhe um ar de martírio supremo. Sem me mexer, eu a olhava. Eu sabia de grande incidência de mortalidade infantil. Nela a grande pergunta me envolvia: vale a pena? Não sei, disse-lhe minha quietude cada vez maior, mas é assim. Ali, diante de meu silêncio, ela estava se dando ao processo, e se me perguntava a grande pergunta, tinha que ficar sem resposta. Tinha que se dar – por nada. Teria que ser. E por nada. Ela se agarrava em si, não querendo. Mas eu esperava. Eu sabia que nós somos aquilo que tem de acontecer. Eu só podia servir-lhe a ela de silêncio. E, deslumbrada de desentendimento, ouvia bater dentro de mim um coração que não era o meu. Diante de meus olhos fascinados, ali diante de mim, como um ectoplasma, ela estava se transformando em criança.

Não sem dor. Em silêncio eu via a dor de sua alegria difícil. A lenta cólica de um caracol. Ela passou devagar a língua pelos lábios finos. (Me ajuda, disse seu corpo na bipartição penosa. Estou ajudando, respondeu minha imobilidade.) A agonia lenta. Ela estava engrossando toda, a deformar-se com lentidão. Por momentos os olhos tornavam-se puros cílios, numa avidez de ovo. E a boca de uma fome trêmula. Quase sorria então, como se estendida numa mesa de operação dissesse que não estava doendo tanto. Ela não me perdia de vista: havia marcas de pés que ela não via, por ali alguém já tinha andado, e ela adivinhava que eu tinha andado muito. Mais e mais se deformava, quase idêntica a si mesma. Arrisco? deixo eu sentir?, perguntava-se nela. Sim, respondeu-se por mim.

E o meu primeiro sim embriagou-me. Sim, repetiu meu silêncio para o dela, sim. Como na hora de meu filho nascer eu lhe dissera: sim. Eu tinha a ousadia de dizer sim a Ofélia, eu que sabia que também se morre em criança sem ninguém perceber. Sim, repeti embriagada, porque o perigo maior não existe: quando se vai, se vai junto, você mesma sempre estará; isso, isso você levará consigo para o que for ser.

A agonia de seu nascimento. Até então eu nunca vira a coragem. A coragem de ser o outro que se é, a de nascer do próprio parto, e de largar no chão o corpo antigo. E sem lhe terem respondido se valia a pena. "Eu", tentava dizer seu corpo molhado pelas águas. Suas núpcias consigo mesma.

Ofélia perguntou devagar, com recato pelo que lhe acontecia:

– É um pinto?

Não olhei para ela.

– É um pinto, sim.

Da cozinha vinha o fraco piar. Ficamos em silêncio como se Jesus tivesse nascido. Ofélia respirava, respirava.

– Um pintinho? certificou-se em dúvida.

– Um pintinho, sim, disse eu guiando-a com cuidado para a vida.

– Ah, um pintinho, disse meditando.

– Um pintinho, disse eu sem brutalizá-la.

Já há alguns minutos eu me achava diante de uma criança. Fizera-se a metamorfose.

– Ele está na cozinha.

– Na cozinha? repetiu fazendo-se de desentendida.

– Na cozinha, repeti pela primeira vez autoritária, sem acrescentar mais nada.

– Ah, na cozinha, disse Ofélia muito fingida, e olhou para o teto.

Mas ela sofria. Com alguma vergonha notei afinal que estava me vingando. A outra sofria, fingia, olhava para o teto. A boca, as olheiras.

– Você pode ir pra cozinha brincar com o pintinho.

– Eu...? perguntou sonsa.

– Mas só se você quiser.

Sei que deveria ter mandado, para não expô-la à humilhação de querer tanto. Sei que não lhe deveria ter dado a escolha, e então ela teria a desculpa de que fora obrigada a obedecer. Mas naquele momento não era por vingança que eu lhe dava o tormento da liberdade. É que aquele passo, também aquele passo ela deveria dar sozinha. Sozinha e agora. Ela é que teria de ir à montanha. Por que – confundia-me eu – por que estou tentando soprar minha vida na sua boca roxa? por que estou lhe dando uma respiração? como ouso respirar dentro dela, se eu mesma... – somente para que ela ande, estou lhe dando os passos penosos? sopro-lhe minha vida só para que um dia, exausta, ela por um instante sinta como se a montanha tivesse caminhado até ela?

Teria eu o direito. Mas não tinha escolha. Era uma emergência como se os lábios da menina estivessem cada vez mais roxos.

– Só vá ver o pintinho se você quiser, repeti então com a extrema dureza de quem salva.

Ficamos nos defrontando, dessemelhantes, corpo separado de corpo; somente a hostilidade nos unia. Eu estava seca e inerte na cadeira para que a menina se fizesse por dentro de outro ser, firme para que ela lutasse dentro de mim; cada vez mais forte à medida que Ofélia precisasse me odiar e precisasse que eu resistisse ao sofrimento de seu ódio. Não posso viver isso por você – disse-lhe minha frieza. Sua luta se fazia cada vez mais próxima e em mim, como se aquele indivíduo que nascera extraordinariamente dotado de força estivesse bebendo de minha fraqueza. Ao me usar ela me machucava com sua força; ela me arranhava ao tentar agarrar-se às minhas paredes lisas. Afinal sua voz soou em baixa e lenta raiva:

– Pois vou ver o pinto na cozinha.

– Vá sim, disse eu devagar.

Retirou-se pausada, procurava manter a dignidade das costas.

Da cozinha voltou imediatamente – estava espantada, sem pudor, mostrando na mão o pinto, e numa perplexidade que me indagava toda com os olhos:

– É um pintinho! disse.

Olhou-o na mão que se estendia, olhou-me, olhou de novo a mão – e de súbito encheu-se de um nervoso e de uma preocupação que me envolveram automaticamente em nervoso e preocupação.

– Mas é um pintinho! disse, e imediatamente a censura passou-lhe pelos olhos como se eu não lhe tivesse dito quem piava.

Ri. Ofélia olhou-me, ultrajada. E de repente – de repente riu. Ambas então rimos, um pouco agudas.

Depois que rimos, Ofélia pôs o pinto no chão para andar. Se ele corria, ela ia atrás, parecia só deixá-lo autônomo para sentir saudade; mas se ele se encolhia, pressurosa ela o protegia, com pena de ele estar sob o seu domínio, "coitado dele, ele é meu"; e quando o segurava, era com mão torta pela delicadeza – era o amor, sim, o tortuoso amor. Ele é muito pequeno, portanto precisa é de muito trato, a gente não pode fazer carinho porque tem os perigos mesmo; não deixe pegarem nele à toa, a senhora faz o que quiser, mas milho é grande demais para o biquinho aberto dele; porque ele é molezinho, coitado, tão novo, portanto a senhora não pode deixar seus filhos fazerem carinho nele; só eu sei que carinho ele gosta; ele escorrega à toa, portanto chão de cozinha não é lugar para pintinho.

Há muito tempo eu tentava de novo bater à máquina procurando recuperar o tempo perdido e Ofélia me embalando, e aos poucos falando só para o pintinho, e amando de amor. Pela primeira vez me largara, ela não era mais eu. Olhei-a, toda de ouro que ela estava, e o pinto todo de ouro, e os dois zumbiam como roca e fuso. Também minha liberdade afinal, e sem ruptura; adeus, e eu sorria de saudade.

Muito depois percebi que era comigo que Ofélia falava.

– Acho – acho que vou botar ele na cozinha.

– Pois vá.

Não vi quando foi, não vi quando voltou. Em algum momento, por acaso e distraída, senti há quanto tempo havia silêncio. Olhei-a um instante. Estava sentada, de dedos cruzados no colo. Sem saber exatamente por quê, olhei-a uma segunda vez:

– Que é?

– Eu...?

– Está sentindo alguma coisa?

– Eu...?

– Quer ir no banheiro?

– Eu...?

Desisti, voltei à máquina. Algum tempo depois ouvi a voz:

– Vou ter que ir para casa.

– Está certo.

– Se a senhora deixar.

Olhei-a em surpresa:

– Ora, se você quiser...

– Então, disse, então eu vou.

Foi andando devagar, cerrou a porta sem ruído. Fiquei olhando a porta fechada. Esquisita é você, pensei. Voltei ao trabalho.

Mas não conseguia sair da mesma frase. Bem – pensei impaciente olhando o relógio – e agora o que é? Fiquei me indagando sem gosto, procurando em mim mesma o que poderia estar me interrompendo. Quando já desistia, revi uma cara extremamente quieta: Ofélia. Menos que uma ideia passou-me então pela cabeça e, ao inesperado, esta se inclinou para ouvir melhor o que eu sentia. Devagar empurrei a máquina. Relutante fui afastando devagar as cadeiras do caminho. Até parar devagar à porta da cozinha. No chão estava o pinto morto. Ofélia! chamei num impulso pela menina fugida.

A uma distância infinita eu via o chão. Ofélia, tentei eu inutilmente atingir à distância o coração da menina calada. Oh, não se assuste muito! às vezes a gente mata por amor, mas juro que um dia a gente esquece, juro! a gente não ama bem, ouça, repeti como se pudesse alcançá-la antes que, desistindo de servir ao verdadeiro, ela fosse altivamente servir ao nada. Eu que não me lembrara de lhe avisar que sem o medo havia o mundo. Mas juro que isso é a respiração. Eu estava muito cansada, sentei-me no banco da cozinha.

Onde agora estou, batendo devagar o bolo de amanhã. Sentada, como se durante todos esses anos eu tivesse com paciência esperado na cozinha. Embaixo da mesa, estremece o pinto de hoje. O amarelo é o mesmo, o bico é o mesmo. Como na Páscoa nos é prometido, em dezembro ele volta. Ofélia é que não voltou: cresceu. Foi ser a princesa hindu por quem no deserto sua tribo esperava.

POSFÁCIO
NASCER DO PRÓPRIO PARTO OU
A CORAGEM DE SER O OUTRO QUE SE É

O ano em que Clarice publica *A legião estrangeira* é o mesmo ano em que ela lança o romance *A paixão segundo G.H.* e é também o ano em que sai oficialmente a formalização de sua separação: 1964. Ano de virada política radical no Brasil, ano de virada pessoal e artística igualmente radical para a escritora, que responderá ao tempo presente (e ao nosso futuro) com duas obras magnas da literatura mundial.

Como ela mesma dizia, o impacto do romance de G.H. ofuscou, inicialmente, a recepção do livro de contos. Alguns deles tinham sido publicados antes na revista *Senhor*, e, em sua primeira edição, o livro incluía uma segunda parte chamada "Fundo de gaveta", que passou depois a integrar o livro *Para não esquecer* (1978). No entanto, o brilho de *A legião estrangeira* só fez crescer com o tempo: o livro contém algumas das obras-primas da contista Clarice, e traz, no seu cerne, o texto mais enigmático da autora, "O ovo e a galinha".

A legião estrangeira é dedicado a Inês Besouchet, sua amiga e psicanalista de seu filho mais velho, Pedro. Nascida no Rio Grande do Sul, Inês era filha de pais judeus-russos imigrantes como Clarice. Com uma forte atuação política de esquerda, Inês foi uma psicóloga notável. Membro da Sociedade Psicanalítica do Rio de Janeiro, ela criou um centro de estudos interdisciplinar nos anos 1970, o Centro de Estudos de Antropologia Clínica.

Essa dedicatória leva-nos a ressaltar o caráter de Clarice como psicanalista da alma humana (e animal). Em *A legião estrangeira*, de fato, quase todas as narrativas trazem o conhecimento do inconsciente e sua revelação por escrito, e o livro já foi lido nesse viés, como fez Renato Mezan em seu estudo sobre a inveja, que parte do conto que dá título à coletânea, "A legião estrangeira".

Por que o título, *A legião estrangeira*? O termo remete a um destacamento militar formado por voluntários estrangeiros alistados como soldados mercenários para lutarem em caso de guerra. Não deixa de ser coincidente (ou pré-ciente) com o momento político ocorrendo ao mesmo tempo, nas ruas do país, em 1964. No entanto, como tudo o mais em Clarice, essa guerra toma a forma de uma guerrilha interna a ocorrer no espaço íntimo de uma psiquê, quando os estrangeiros, inimigos ou defensores, somos nós mesmos em contato com os outros, dentro e fora de nós. A legião estrangeira seria esse turbilhão de emoções inconscientes expostas no livro. O nosso estranho íntimo.

Os treze contos abrem aos leitores o contato com os sentimentos mais contraditórios e difíceis de serem verbalizados. Quantas emoções contrárias pode uma pessoa sentir? A resposta aparece na bela analogia com o movimento da água: "Mas sentimentos são água de um instante. Em breve – como a mesma água já é outra quando o sol a deixa muito leve, e já outra quando se enerva tentando morder uma pedra, e outra ainda no pé que mergulha (...)." Diversas vezes, no meio da narrativa, surgem comparações como essa. De repente, somos surpreendidos por frases como, "Eu vi dentro de um olho". Ou por reviravoltas nos enredos, como se o texto desse um salto súbito por sobre o abismo, ou pulasse no poço mais fundo das emoções mais recônditas. E nos pega de surpresa – ela dizia que só se interessava em escrever o que a pegasse de surpresa, e faz isso com seus leitores.

Cada conto seria uma espécie de chave que abre portas internas e secretas. Lemos processos de maturação, contos de crescimento e descoberta. Crimes e julgamentos também. O livro é, assim, um tratado sobre relações. Relações com bichos (macacos, cachorro, pintinho, galinha, baratas); relações entre faixas etárias distintas: crianças e adultos, adolescentes, adultos e velhos; relações entre gêneros: homem e mulher, homem e homem, mulher e mulher. As crianças (e os animais) são, em geral, mensageiros de uma sabedoria que falta aos adultos, sobretudo quando estes são "obedientes" como o casal do conto homônimo, ou ensinam "pesadamente" como o professor do primeiro conto.

Narrado em primeira pessoa, o primeiro conto relata a relação de amor e ódio entre Sofia e seu professor, uma relação "invisível" pois que toda passada no não dito dos sentimentos experimentados. "A legião estrangeira" seria também isso: aquilo que fica invisível. Assim lemos em "A quinta história": "De dia as baratas eram invisíveis e ninguém acreditaria no mal secreto que roía casa tão tranquila." E em "O ovo e a galinha": "– O ovo é invisível a olho nu. De ovo a ovo chega-se a Deus, que é invisível a olho nu."

Em "A repartição dos pães", a abundante mesa ofertada, e descrita luxuriosamente, transforma os que eram inicialmente estranhos em próximos, no almoço de sábado, que começa por "obrigação" e termina como uma espécie de santa ceia. O terceiro conto, "A mensagem", é estranho, também no sentido psicanalítico, se lembrarmos que a mensagem nunca chega aos destinatários, mas vaga à deriva. Dois adolescentes, "Ele tinha dezesseis anos, e ela, dezessete", aproximam-se por um sentimento em comum: a angústia. No início, informes, "às vezes permutavam as qualidades: ela se tornava como um homem, e ele com uma doçura quase ignóbil de mulher", até que a divisão de gênero se instala, e os separa como homem e mulher.

O quarto conto, "Macacos", integra o bestiário criado em sua obra, baseado em alguns dos bichos que Clarice teve de fato. No caso, bichos que podem gerar "uma cadeia de alegria" como a macaquinha Lisette, vendida com roupa e brincos de baiana, e que se parece (na comparação súbita) com uma imigrante nordestina, e que se parece, afinal, com a própria Clarice, segundo lhe diz seu filho mais velho...

Esse é o conto que antecede "O ovo e a galinha": "De manhã na cozinha sobre a mesa vejo o ovo", e temos então um tratado filosófico e poético do olhar, como interpretou Regina Pontieri, e um texto visionário, na leitura de José Miguel Wisnik. Temos também a liberdade do pensar, descartando Descartes: "Assim: existo, logo sei. – O que eu não sei do ovo é o que realmente importa." E a entrada na poesia e na mística: "O que eu não sei do ovo me dá o ovo propriamente dito. – A Lua é habitada por ovos." Composto de aforismos seguidos, o texto responde à pergunta clássica: "– Quanto a quem veio antes, foi o ovo que achou a galinha." O mergulho na reflexão filosófica, mística, surreal, concreta, transcendente e imanente sobre o ovo nasce no ato cotidiano da mulher que, "mergulhada no sonho" prepara o café da manhã.

Esse foi o texto que Clarice escolheu para ler no I Congresso Mundial de Bruxaria (Bogotá, 1975), para o qual fora convidada. Nas duas introduções, chamadas "Literatura e magia", que escreveu para apresentar o conto em Bogotá, ela o descreve como um texto misterioso, contendo uma simbologia secreta. Pedia então que o público ouvisse com o raciocínio a leitura em voz alta, e avisava que, se apenas meia dúzia de pessoas conseguissem *sentir* o texto, ela ficaria satisfeita.

Feiticeira, escrever sim é mágico, diz ela, em "Literatura e magia": "As palavras vêm de lugares tão distantes dentro de mim que parecem ter sido pensadas por desconhecidos, e não por mim mesma." As palavras é que seriam, então, a legião estrangeira, que usamos para nos traduzir uns aos outros, e uns como outros. Como legião estrangeira, as palavras nos invadem e nos protegem ou nos atacam, revelando-nos e expondo-nos aos outros de nós. Na mesma introdução ao "O ovo e a galinha" lemos: "Um escritor brasileiro disse que estar vivo é impossível, e eu acrescento que nascer é impossível." De certo modo, em todos os contos de *A legião estrangeira*, temos nascimentos continuados, gente e bichos desabrochando nas relações.

"Tentação" é um conto-relance feito para flagrar um momento mínimo e tão intenso: a relação de amor imediato entre a menina ruiva e o cachorro *basset*, também ruivo, numa rua no Grajaú; a sensação súbita de pertença, e a despedida; o encontro e a perda: "Numa terra de morenos, ser ruivo era uma revolta involuntária." A legião estrangeira seria também um grupo de "involuntários da pátria".

"Viagem a Petrópolis" é o relato distanciado do que pode ser a vulnerabilidade de uma velha, desamparada, na figura de Mocinha. Espécie de retrato falado, o conto não tem nada de piegas ou lacrimejante. Pela sua crueza, pode até lembrar alguns momentos da narração de Rodrigo S.M. sobre Macabéa, também ela, perdida no Rio, também ela imigrante nordestina, como também foi Clarice: uma legião estrangeira de imigrantes...

"A solução" é um conto de amor e ódio entre duas mulheres, Alice e Almira, ambas datilógrafas. Enquanto o amor de uma cresce, a indiferença da outra aumenta. A devoção e a agressão. Uma barra de chocolate une as duas partes do conto, sem solução. Em "Evolução de uma miopia", acompanhamos o amor entre um menino e a prima adulta, que, sem filhos, ama-o incondicionalmente, e o leva a descobrir o "amor pela paixão".

"A quinta história", embrião do romance de G.H., é perfeita na sua arquitetura e nas suas esculturas. O conto, como as baratas, renasce a cada vez que morre, pois quando a versão anterior termina, uma variante nova nasce. Se o interminável das baratas induz ao ato de matar, o ato de narrar adia a sua própria morte, como faz Sheherazade: "Farei então pelo menos três histórias, verdadeiras, porque nenhuma delas mente a outra. Embora uma única, seriam mil e uma, se mil e uma noites me dessem."

O conto seguinte retrata o que ocorre com o passar do tempo entre dois rapazes que se conhecem no último ano da escola, e que se tornam inseparáveis: da proximidade máxima ao total distanciamento de uma amizade, "esvaziada de encontro, mas sincera". Em "Os obedientes", a mulher ao morder a maçã, e ter seu dente quebrado, desaba, literalmente... Como sair da obediência tediosa de um casamento, ou a que ponto de não retorno pode a obediência levar? Clarice e a desobediência necessária para viver e para escrever.

Como proteger a fragilidade de uma "coisa nascida", "coisa breve e amarela"? Chegamos ao último conto. A menina de longos cachos com saia de babados, futura princesa hindu, que acontecia de ser sua vizinha, vinha visitá-la e dava-lhe conselhos, opiniosa, enquanto ela, de robe, batia à máquina, "trabalhava e ouvia". Inveja, censura e cobiça: "Eu a expusera ao melhor do mundo: a um pinto." Seguimos a descrição detalhada do modo como esses sentimentos se manifestam na menina, e o recado da escritora: "A gente não ama bem, ouça, repeti como se pudesse alcançá-la..."

Vários críticos assinalam a frase "A coragem de ser o outro que se é", que aparece no último conto, como chave temática do livro. Eis a passagem completa: "A agonia de seu nascimento. Até então eu nunca vira a coragem. A coragem de ser o outro que se é, a de nascer do próprio parto, e de largar no chão o corpo antigo." Para nascer, é preciso sair do ovo, virar galinha ou pintinho, como aquele que encerra o livro, e que, na verdade, são dois. O que a mulher escritora ganha na véspera do Natal, e segura em suas mãos, e o pintinho que ela um dia teve, na véspera da Páscoa, quando Ofélia vinha visitá-la.

O livro abre com a menina Sofia, "de nove anos e pouco", e termina com a menina Ofélia, "no alto de seus oito anos". A armadura não é casual, mas composta, quase como um desígnio: Sofia inferniza a vida do professor gordo com seu amor desastrado; a menina Ofélia inferniza a escritora do último conto, revertendo porém o espelhamento: no primeiro, a criança confronta o professor adulto, no último, a mulher adulta é confrontada pela criança. Se Ofélia "nasce do próprio parto" ao descobrir a criança que ela escondia na adulta que fingia ser, Sofia, termina por descobrir-se escritora, a partir do elogio que recebe do professor pela composição inusitada sobre um tesouro.

Podemos, então, dizer que a menina Sofia é a versão infantil da escritora do último conto. Assim, a investigação da psiquê mais recôndita ocorre paralela à descoberta da escrita e sua prática, tematizada no livro que lemos escrito por Sofia/Clarice: "Foi talvez por tudo o que contei, misturado e em conjunto, que escrevi a composição que o professor mandara, ponto de desenlace dessa história e começo de outras."

Sofia/Clarice também ensina a difícil lição de que para escrever é preciso ócio, esse luxo que a gente só consegue ter se largarmos o que temos, os bens que queremos, e ficarmos pobres e livres. Essa é a estória/história escrita por Sofia e louvada pelo professor: "Eu sacudia dos ombros todos os deveres e dela saía livre e pobre, e com um tesouro na mão."

A legião estrangeira, o livro que temos na mão e diante dos olhos, é o tesouro que ela nos oferece. Clarice transporta-nos para uma outra dimensão elevada do pensar e, num gesto de amor, dá-nos o ovo para chocá-lo, no livro incubadora: "Nós, agentes disfarçados e distribuídos pelas funções menos reveladoras, nós às vezes nos reconhecemos. A um certo modo de olhar, a um jeito de dar a mão, nós nos reconhecemos e a isto chamamos de amor."

— MARÍLIA LIBRANDI

Este livro, publicado em nova edição no quadro das comemorações do centenário de nascimento de Clarice Lispector, foi impresso com as fontes Didot e Akzidenz Grotesk.